JN033059

ユミエラ、謎の国に迷い込む――!?

「ようこそ、薄明の国へ。
人の後悔が集う、常に日の出前の国だ。
そして、僕はこの国の王」

AKUYAKU REIJO LEVEL 99

悪役令嬢レベル99 その6

～私は裏ボスですが魔王ではありません～

「お姉さんは左半分だけ死んじゃって、
左半分だけ薄明の国にいる」
レムン
闇の神。
エレノーラ・ヒルローズ
元・公爵家の一人娘。
押しの強い天然。

パトリック・
アッシュバトン
辺境伯の次男。
ユミエラの婚約者。
ユミエラ・ドルクネス
乙女ゲームの悪役令嬢にして
「裏ボス令嬢」。

バルシャイン建国の〝勇者〟と、彼に封じられた魔王が対峙する――。
「そんな姿になってまで
何を望む。
生き返って何を為す」
「僕の望みは
バルシャイン王国の滅亡だ」

AKUYAKU REIJO LEVEL 99

悪役令嬢レベル99 その6

~私は裏ボスですが魔王ではありません~

七夕さとり

Illust. Tea

口絵・本文イラスト
Tea

装丁
AFTERGLOW

AKUYAKU REIJO LEVEL 99

CONTENTS

プロローグ

王都から帰ってきて一週間ほど。年の瀬も押し迫ってきた。

年の瀬というか建国日。バルシャイン王国の暦の始点はその建国日になっていて、ちょうど冬なので私はお正月だと思っている。

秋の収穫も終わり、税の計算も済ませた時期。庶民も貴族も建国祭は仕事を休んでお祝いするのが慣例だ。

しかしドルクネス領に休む暇は無い。建国祭の熱が冷め、春になり忙しくなる前、絶妙な日取りに私とパトリックの結婚式が予定されているのだ。招待状はとっくの昔に関係各所にバラ撒(ま)かれている。

珍しく王都のいざこざに巻き込まれたりして一休みしたいところだが、私には休む暇が無い。私も結婚かぁ……と物思いに耽(ふけ)る時間すら無かった。

領主の執務室で、私は税金関連の書類とにらめっこしていた。今年は着任祝いの人気取りで税金免除だけど、ちゃんと収穫量は記録して、税金を取ったなら……の数字は算出している。

来年以降は更に大変なのかと今から憂鬱(ゆううつ)になる。体を伸ばしていると、エレノーラがやってきた。

「ユミエラさーん……今お時間大丈夫？」

「何かありました？」

「いえ、用事があるわけでは無いのですが……少しお話ししたいと思いましたの。……駄目かしら？」

エレノーラちゃんカワイイヤッター！

こういうのがかわいいのか。今度私もパトリック相手に使お。適当な議題を捏造して会話のキッカケを作ってたけど、今思えばかわいげが無かったかもしれない。

私は喜んでエレノーラを招き入れる。

「いいですよ。私もちょうど息抜きがしたかったところです」

「やった！　嬉しいですわ」

仲良しなエレノーラちゃんとは何の話をしていても楽しい。私にとっては興味の無い話題でも、彼女が大事に思っているのだったらどーでもいい話題も傾聴する。それが、一人の人間を尊重するってことなんですよ！

「ユミエラさんに紹介した香水があったでしょう？　本物よりも本物の――」

いくら本人にやる気があっても一般人に百六十キロのストレートが投げられないように、人間には逆立ちしてもできないことがある。

だから仕方ないんですぅ。エレノーラちゃんは香水談義を始めると止まらないんです。一の質問をすると百の物量で回答がくるんです。四時間ぶっ続けで喋るとか平気でやる御仁なんです。

でも、流石に何回もこういう経験をすれば私にも香水の知識が備わってくるものだ。これから彼女がしようとしている話も分かる。話を合わせるのも余裕だ。

「知ってますよ。パルフェウの創業者、偽物の人……調香師のサンラム氏ですよね？」

パルフェウはエレノーラ一推しの香水ブランドだ。学生の頃から繰り返し聞かされて私も覚えてしまった。ですので説明大丈夫です。

「確か……風景とかモノとか文化とか、周囲から着想を得て香水を作った……」

「ヨンラム様ですわ。最初から説明いたしますわね」

そっか、サンラムじゃなくてヨンラムだったか。

三と四を間違えただけなのに、エレノーラは丁寧にも最初から説明してくれるらしい。長くなるぞ。


そして、悠久の時が流れ、海は干上がり、大地は渇き、この世の全てが風化し、エレノーラは元気にお喋りをし、ついに真実に辿り着いた。

「――そこで分かりましたの！　それらは全て嘘だったのですわ！」

「そんな⁉　全部が作り話だったなんて」

相槌は打ったけど、これって香水の話だったよね？

低すぎるエレノーラの説明力と、低すぎる私の理解力、低い両輪でもって会話の流れが全く追えていない。車高を低くしすぎると自動車の性能が低下するのと同じだ。

ひとまずはエレノーラの話が一区切りとなり、彼女は自分が熱弁しすぎたことに気がついたようだ。

「わたくしったら自分の話ばかり……ユミエラさんは最近何か気になることとかありますか？」

来たぞ運命の分岐点。ここで共通の話題を出せば二人で盛り上がれる。


ここは慎重に安全策で行こう。全人類の関心事くらいの……あっ！

「この国の技術で作れる強い仕込み武器の話とかどうです？」

「……ユミエラさん、本当にそういうの好きですわよね」

喜色の笑みを浮かべていたエレノーラが、急にシュンとしてしまった。

からくり武器の話題はガールズトークに適さないとでも申すのか？

悲しい、というか呆れ顔で彼女は続ける。

「もうお強いのに、これ以上なにと戦う気でいますの？」

「別に、カッコいいから欲しいだけですよ。私は戦闘民族とかじゃないんで」

「でも自分より強い人と戦いたいって、武人みたいなこと考えていますわよね？」

「自分より強い人を探しているんじゃありません。私が一番強いので、私より強いと嘘をついている人がいたら許せないってだけです」

「ユミエラさんと張り合えるのは、たぶんユミエラさんしかいませんわね」

私と張り合えるのは私だけ？　2号ちゃんのこと……？

平行世界のユミエラを思い浮かべた私だが、エレノーラは2号を私そっくりな別人だと思っている。言い方的に2号じゃないから、本当の意味で私同士で戦えって言ってるんだ。

「私と私……ですか」

要するに分身というかコピーというか。肉体スペック、レベル、思考、全てが同一の私と戦うことになるってわけだ。

顔を殴ろうとしても、リーチが同じだからクロスカウンターになるだろう。だから私はあえて下段蹴りを選択して……いや、相手も私だから同じことを考えるのか。じゃあそれすら読んで飛び蹴り、というのも向こうは考えてくるはずだ。

思考が関係ない、泥仕合になったらどうだろうか。偽物が本物に敵うはずはない。しかし向こうは向こうで自分は本物だと思ってるし……。

お互いに読み合って、同じタイミングで動き出そうとしたのが牽制となり再び睨み合いになる。魔法ならと思うも、魔法の発動は結構な隙が生じるから中々タイミングが無く――

「ユミエラさん！　ユミエラさん！」

「あ？　え？　なんですか？」

なんでエレノーラに名前を呼ばれているんだろう。というか、いたの？

……ああ、エレノーラとの会話中だった。想像上の私と戦っていてトリップ状態に入っていた。

「すみません、想像が止まらなくなりました」

「話題を出したわたくしも悪いかもしれませんが……そんなに真剣に考えることありませんのよ？　もしものお話ですもの」

「その仮定を考えすぎちゃうんですよ」

「考えても仕方ありませんわよ？　ユミエラさんも分身は出来ませんわ。一人のままで右側と左側に分かれて戦うわけにもいきませんし」

「右と、左……？」

「あ、やっちまいましたわ」

そうか。ユミエラ・ドルクネスはまごうことなき最強な世界一位であるが、ユミエラの右半身と左半身、どちらが強いのかは不明瞭なままだった。

私は右利きだから、右の方が強い気がする。

しかし、同じく右利きだった前世では左の握力の方が強かった。技の右と力の左、どちらが最強なのだろうか。今の握力はどうなんだろ？　右と左でどれほど出力が違うのかな。

「ユミエラさん！　ユミエラさん！　……これ、もう駄目ですわね」

手だけが判断基準になるわけでもない。心臓は左側で、肝臓は右のほうがデカくて……そういう内臓も判断基準になるかも。

内臓もって話なら、右脳と左脳も関わってくるか。戦闘に大事な空間認識能力は右脳が司っている。だから右側の方が……あれ？　でも右脳が動かしているのは左半身だから……ん？　右半身の味方は左脳で、左半身の味方は右脳ってこと？　神経が交差してるって意味では目もそうだ。右目の情報は左脳に伝達される。

「パトリック様！　助けてください！　ユミエラさんが想像の世界に旅立って帰ってきませんわ！」

利き手と利き目は右だけど、ボールを蹴るのは左なんだよな。蹴りもつい左が出る。だからパンチに関しては右優勢でも、キックは左が強いはずなのだ。

でも流石に右半身の方が強いかも……。ああ、でも、交差神経問題が解決していなかった。右脳はどっちの味方なのかハッキリさせておきたいよね。

「ユミエラ！　ユミエラ！　デイモンが追加の報告書を持ってきたぞ！」

「クッキーですわよ～……あっ！　食べましたわ！」

右ユミエラと左ユミエラ、どちらが強いのかは決着がつきそうになかった。クッキーおいちい。

ああ、口のことを考えていなかった。口が半分では喋るのも大変そうだ。口が半分ずつになったとして、左右どちらが喋りやすいのかな？　魔法詠唱とか無いから口はいらなそうだけど、連携を取るときには必須(ひっす)ツールだ。

今はユミエラ左右デスマッチを考えているから連携は考えなくていいか。じゃあ口について考えるのはやめよう。

紅茶おいちい。

「口元に差し出したら紅茶も飲みましたわ！」

「意識はあるんだな。無いように見えるくらいボーっとしているだけで」

「パトリック様。これ、どういたしますの？」

「うーん……元に戻るのを待つしか。今日はとりあえず寝かしつけて明日の様子次第で……」

待てよ？　私の左手には魔道具も兼ねている婚約指輪がはまっている。パトリックに込めてもらった風属性の魔力が勝敗を分ける一手になるやも知れぬ。

風……つまりはサイクロンなのに左はおかしくないかな？　風なら右では？　じゃあ婚約指輪も右に付け替えるべきか？

「リタ！　リタ！　今ならユミエラさんにお化粧し放題ですわよ！　お風呂で落としちゃえば気づかれませんわ！」

「どうしてユミエラ様は魂が抜けておられるのですか？」

「想像上の決闘にお忙しいだけですわ。心配するだけ損ですわよ」

左右非対称ロボ好きを自負しておきながら、私自身はほとんど線対称な人間なんだよなぁ。対称でありながら、しかし左右が完全一致するわけでもない。だからこそコピーと戦うよりも頭を悩ませる展開になっている。

「まさか夜までこのままとは……」

「これって目を開けたまま眠ってますの？」

ふむ。条件の整理も終わってきたし、そろそろ脳内で実際に戦わせてみるか。

「右バーサス左！　試合開始ぃ！」

「眠ってはいないようだ」

「そうですわね。まだ帰ってこないだけですわ」

いつの間にか夜になり、知らぬ間に寝床についていた私は、意図せぬ間に眠ってしまったようだった。

一章　裏ボス（左）、薄明の国で目覚める

目が覚めると薄暗かった。

いつの間に眠ってしまったのだろうと、左目を擦りながら起き上がってみれば、野外だった。ワイルドな寝起きだね。

寝ぼけて庭に出ちゃったみたいなテンションで周囲を見渡して、私は愕然とする。

「え？　ホントにどこ？」

寝て起きたら、本当に知らない場所にいた。

知らないし、ここがどの辺かの見当もつかない。


自分の姿を確認してみれば、いつものワンピース姿だった。パジャマから変わって……あれ？　私って昨晩寝るときパジャマに着替えたっけ？　記憶が曖昧だ。

目の前には赤い荒野が広がっている。視界の中に、建物も植物も無い。あるのは赤茶けた岩と砂の大地だけ。


起きたら赤い砂漠っぽい場所にいた件について。

しかし、この場所の特徴として挙げた赤色……岩砂の大地のそれは、それら本来の色では無いのだと思う。

日が赤いのだ。地平線の向こう側から太陽の赤い光が漏れ出している。日輪そのものは見えないが、空と大地を真紅に染め上げている。

夕焼けか、はたまた朝焼けか。寝てた時間を考えると朝焼けかな？


起きたら別な場所という謎現象に巻き込まれている今、時間の感覚も信用しきれないとも思う。

赤い世界を眺めながら、色々考えて分かった。私には明らかな記憶の混乱がある。

昨日、昼過ぎまでの記憶はあるのだが、夜の出来事についてははっきりと思い出せないのだ。何かを食べたような記憶、化粧をした記憶、雑に寝かしつけられた記憶……ほんのりと思い浮かんだりするのだが、それらは全て夢のようにも感じる。

まあ、時間については待てば分かる。陽(ひ)が昇ってくれれば早朝、沈んでいったら夕方。確率的には二分の一、賭(か)けをするノリで予想を口に出した。

「うーん……これは朝焼け！」

「君にはそう見えるのか」

突然、右から話しかけられた。

ギョッとして顔をそちらに向けると、金髪の青年が私のすぐ近くに立っていた。どうして今まで気づかなかったんだ？　警戒レベルを引き上げた上で、彼と対峙(たいじ)する。

謎の青年の服装を上から下まで観察してみると、王様だった。

軍服のような仕立てだが、ポイントごとに貴族の礼装の要素が盛り込まれている衣装。腰に佩いている西洋剣は装飾過多で儀礼用のものに見える。

そして何より、彼の頭上には金の王冠が載っていたのだ。絹のように柔らかそうな金髪も彼の高貴な出自を喧伝しているようだった。

「……どこから現れたんですか？」

「ずっとここにいたよ。君が落ち着くまで見守った方がいいと思った。ここに来る人は初め混乱するものだから」

「そうでした？　気が付きませんでした」

「少し後ろの方に陣取っていたのがいけなかったかな？　右側というのも間違いだったかも」

目覚めてすぐ、私は周囲を見回したはずだ。三六〇度を確認できるくらいは首を動かしたと思うけど……死角が出来てたのかな？

間違いなく一般人ではないだろうけど、人に会えて良かった。ここがどこかを聞いて、まずは帰る方法を探さなければ。ワープか拉致か、睡眠中に移動した理由は後から調べれば良い。

私がそう考えているあいだ、彼は明かりが漏れる地平線をじっと眺めていた。自信に溢れた堂々とした立ち姿で、物憂げな顔で遠くを見ている。

私も黙って彼の顔を凝視してしまった。

ほどなく王様っぽい格好をした彼は、視線に気が付き口を開ける。

「あまり取り乱さない人は珍しい…………ようこそ、薄明の国へ」

「薄明の国？」

「その通り。人の後悔が集う、常に日の出前の国だ。そして、僕はこの国の王」

薄明の国……？　聞いたことがない。しかも、ずっと日の出前って……どういうこと？

普通に混乱しているけど、私の場合は表情に全く出ないのだろう。彼は間髪を容れずに続けて言う。

「僕は皆から王様と呼ばれている。たまに勇者と呼ばれたりもするが……好きな方を使って」

「はあ……。王様は知り合いにいるので、勇者様とお呼びします」

「分かった。では君の名前は？」

当然の流れでそう質問され、私は考えた。

正直にユミエラ・ドルクネスと名乗って良いものか。

理由は不明だが、睡眠中に見ず知らずの場所に来ていて、間違いなくバルシャイン王国ではない。隣国レムレストで名乗ったら混乱が起きるのだから、ユミエラの悪名が届いている土地では偽名を使うのが得策なのだ。

パトリックの兄ギルバートには、エレノーラと名乗った。でもエレノーラだと身近すぎて、呼ばれたときに反応しにくいから大変だった経験がある。

前世の名前……は何となく使いたくないから、前世でゲームしてたときのプレイヤーネームを使おうかな？　でもリアルで「あんころもち」と呼ばれるのはオフ会みたいで恥ずかしい。

どうせなら、もっとカッコいい名前でも使おうか？　色々考えた末、あまり無言だと怪しまれるからと、私は焦って自己紹介をする。

「私の名はジョーカー」

やっちまった。ジョーカーは無いだろ、ジョーカーは。ちょー恥ずかしい。痛すぎる。顔から火が出そう。

そんな痛い名前を、自称勇者は真面目に受け取る。

「よろしく、ジョーカー」

「ユミエラです。ユミエラ。ホントはユミエラって名前なんで、そう呼んでください」

「ん？　ジョーカーは家名？　ユミエラ・ジョーカー？」

「ユミエラ・ドルクネスです。ジョーカーは忘れてください」

あーあ。ジョーカーとか言わなきゃ良かった。

ジョーカーを名乗って許されるのは、道化師と怪盗とメタルバンドと……結構あるけどさ。中二病は何がトリガーになって再発するか分からないから用心しないと。

所在地は未(いま)だ分からぬ薄明の国、この地にユミエラの名は届いているのだろうか……？

しかしながら意外なことに、勇者が反応を示したのはユミエラではなかった。

「ドルクネスは聞いた覚えがある。どこだったか……確かどこか伯爵家の従士をしていたはずだ」

「それは名前が同じだけの別の家だと思います。バルシャイン王国という所の伯爵家でして」

「そうか！　バルシャインのご令嬢だったのか！」

王国の名前を聞いて、彼は嬉しそうに言う。

ドルクネス家だったりバルシャイン王国だったり、変なところに反応する人だ。

反応は謎でも、王国を知っているようで良かった。バルシャインを誰も知らないくらい遠くにいるのではないかという不安が、一気に解消されちゃった。

地元一緒やで！　みたいな感じで喜んでいる勇者を見るに、王国との関係がある人かもしれない。

帰り道はすぐに分かりそうだ。

「バルシャイン王国、ご存知なんですね」

「もちろん。だいぶ昔のことだから、国が今どうなっているかは分からないけれど」

「薄明の国からバルシャイン王国まで距離はどれくらいですか？　帰り道が知りたくて」

「帰る？　バルシャインに？」

「そりゃあ……あ、信じてもらえないかもしれないんですけど、目が覚めたらここにいて。バルシャイン王国にいたはずで」

非現実的な話をしているなと思う。帰り道が分かれば良いので、信じてもらえなくても問題ないけどさ。

しかし……やはりと言うべきか、彼は予想と違う受け答えをした。

「分かるよ。この国はそういう所だ」

「そういう、というのは？」

「薄明の国については長くなる。まずは休める場所まで案内しよう。集落までは歩いてすぐだ」

何もない砂漠みたいな場所だけど、近くに集落なんてあるのかな？

私が改めて赤い荒野を見渡していると、勇者は後ろの岩山を指差す。太陽が出ようとしている方向の反対側だ。

「あの後ろ、山の陰になっている所に人が集まっている。大丈夫、変わった人が多いから君も受け入れられるはずだ」

「あー、ここでも黒い髪は珍しいんですね」

バルシャイン王国近辺では特に希少だという注釈はつくが、世界単位で黒い髪は珍しい。奇異な目で見られるのはどこでも一緒だ。

一人で勝手に納得していると、じっと見つめられていることに気がつく。彼の視線は、私の頭に注がれていた。

勇者は髪をじっと観察しながら、ゆっくりと移動する。私の右側にいたのが前を通って左側へ。視線は私の頭部に釘付け（くぎづ）のままだ。

そして、漏らすように呟（つぶや）いた。

「………本当だ。本当に真っ黒だ」

「変わってても大丈夫って髪色のことでは？」

「髪よりもっと……いや、気にする必要は無い。薄明の国は全てを受け入れる」

髪と瞳（ひとみ）の色以外で変わった所あったかな？

顔に何かついているのかもと、左頬をペタペタ触ってみるが違和感は無かった。体を見下ろしてみるが同様だ。左手も左足も、なんら異常は無かった。

言いかけたなら最後まで言ってほしいんだけど……伝える前に、集落のある方向へ歩くようにうながされる。

「こっちだ。早く行こう。あまり日に当たるのは良くないとも言う」

「まだ出てませんけどね」

「そういう場所だ」

会話がいまいち成立していない感もありつつ、私たちは岩山の裏側を目指して歩き始めた。

赤い荒野の硬い地面をひた歩く。今気がついたけど、靴はちゃんと履いていた。服もパジャマから着替えているし……何者かが着せ替えたのか、記憶がないだけで自らやったのか。目覚めたら知らない場所だった謎は未だに謎のままだ。

景色も代わり映えしないし、いつ履いたのか分からない靴を見つめながら歩き、ふと顔を上げたすると少し前を歩いていた勇者と目が合う。彼は気遣うような目で私を見ていた。

「すごい歩き方をするね」

「ああ、はい。ちゃんと前を見て歩きますね」

「そういう意味では――」

勇者はそこで口ごもり、前を向いてしまった。

さっきも変わっていると言われたし、何か変なところあるかな？

言いたいことがあるならハッキリお願いします、と問いただすべきか考えていると、彼は頭を前に固定したまま言った。

「僕の旧友にもね、いたんだ」

「……はい？」

「真っ黒な髪をしていた。光とか向きの関係で最初は分からなかったけど、本当に真っ黒で驚いた。君は雰囲気も彼に似てる。ああ、本当にいいやつだった」

口ぶりからして故人なのだろう。

彼は明るく喋(しゃべ)っているが、今どんな顔をしているかは見えない。黒髪の友を懐かしむ後ろ姿はどことなく——

「面白いやつでね。もう会えないと思っていたのに最近になって再会したんだ」

死んでないのかよ。さっきまで故人を悼む雰囲気だったじゃん。

少しの会話しかしていないが天然な人だ。勇者と名乗るあたりもそうだし、何なら王様も自称かも。

「あ、生きてるんですね」

「……誰が？」

「その私に似ているお友達です」

「最近また会ったんだよ？　分かりきったことじゃないか」

やっぱり勇者は天然で、会話がズレてる感じがする。

結構遠くまで飛ばされちゃったのかな。そういう雑談の感性が違う所まで来ちゃったね。

岩山の脇を通り抜ける。

日の陰になっている部分……今は日の出前だから、つまりは山の西側。そこに集落はあった。

薄く照らされた赤い大地を避けるように、山に隠れた黒い地面に人が集まっている。

「これが、集落……ですか？」

山陰に人はいた。人はいたが、私の知る集落のイメージとはかけ離れた光景だった。

まず、建物が無い。地べたに座る人がまばらにいるだけだ。壺（つぼ）のような物など、人工物もあるにはあるのだが、あまりに数が少なかった。

校庭に人を集めただけみたいな景色に、私は絶句する。

どうやらとんでもない国に来てしまったらしい。そこの王様は振り返り、笑顔で握手を求めて右手を突き出した。

「ようこそ薄明の国へ。ここは集まっている人が一番多いから、僕たちは集落と呼んでいる。ここの人たちは日光に当たるのを嫌うから、だいたいここで過ごしているんだ」

どこかに家があって、朝はラジオ体操をするから山陰に集まって、その集会所を集落と呼んでいる……みたいな、都合の良い想像は全て否定されてしまった。

脳の処理能力が追いつかない私は、握手を求められたことも忘れ、ただ出された手を見つめる。

すると勇者は、ハッとして手を引っ込めた。

「……ああ、失礼。じゃあ改めてよろしく」

今度は左手が出された。右手を握るのは嫌だとか、そういうんじゃないんですよ。

指摘する余裕はもちろん無く、私は現実感が無いまま彼の手を握った。

「よろしくお願いします」

半分だけ照らされた勇者の顔を見上げる。その王冠に相応しい、優しい王様然とした顔はずっと崩れなかったが、私はどこか不安定なものを感じた。


さて、集落と言っても地べたに座り込んで休憩するくらいしか出来ない所だ。

早くバルシャイン王国の方向を聞いて、変な国から脱出しよう。

軽く握った手を放し、地理について尋ねようとしたところ、私たちは横から声をかけられる。山陰に集まっていた住民の一人だ。

「そこは危ない！　早くこっちに来るんだ！」

何事かと目を動かせば、猫耳のおじさんが叫んでいた。

……え？　猫耳のおじさん？　猫耳おじさん？　どういうこと？

「王様も早く！　そこは危険だ！」

何度見ても猫耳のおじさんだった。人間のおじさんの頭部に、猫の耳が生えている。人間のものと合わせて耳が四つある。

危ないって言ってるけど、あなたの存在が一番危険でしょ。

「何を突っ立っているんだ！　早くこっちへ！」

やっぱり猫耳おじさんだ。

しかし、中年男性だからという理由で猫耳を否定するのはよろしくないな。ファッションは人それぞれ。人に害が無い限り個人の自由であるべき。

でも猫耳おじさんは周囲を不快にする気がする。あ、これはスカートは不快だからズボンを穿けっていう無茶な理屈と一緒か。じゃあ、多少は受け入れがたくても猫耳おじさんも許されるべきなのかな。

多様性の一つとして猫耳おじさんを受け入れる覚悟をした私は、まずは褒めてみることにした。

「その耳、素敵ですね」

「こっちに早く……………えへへ、そうかニャン？」

猫耳は許せても、語尾のニャンは犯罪だろ。絶対に逮捕されるべきでしょ。薄明の国の治安維持機構は機能しているのか？

仕草だけはかわいく照れてまた罪を一つ増やした猫耳さんは、キリッと元の厳しい表情に戻った。

「耳のことはいいから、早くこちらに来るんだ」

「はぁ」

先程から日陰に来るよう急かされている。この辺りは紫外線の量が即死クラスとかなら私も焦る。

しかし勇者に慌てた様子が無いので、危ないという実感は湧かなかった。

とは言えこのままでは、陰のギリギリにいる猫耳さんとまともな会話ができそうにない。……この人とまともな会話をするのも嫌だな。

しょうがないか。私は集落となっている山の陰へと足を踏み入れた。

「これで大丈夫ですか？」

「ああ、良かった。身体に異変は……」

猫耳さんは私の体を上から下まで眺め、黙ってしまった。

え、すごい日焼けしてるとか？　左腕を見てみるが変化は無かった。

「顔に何かついてますか？」

「ああ、いや、ジロジロ眺めて申し訳ない………申し訳ニャイ」

「無理に猫の真似しないでください」

「お嬢さんは見なれない顔だけど、いつからここにいるのかニャン？」

素の普通なおじさんが見え隠れする猫耳さんは、私のツッコミをスルーする。

これ以上彼に言っても無駄だ。変質者が出没しているので何とかしてください、王様の役目でしょ？　振り返ると勇者は私に遅れて陰ゾーンに踏み入ったところだった。

彼は口を開くが、語尾については一切触れなかった。

「彼女は薄明の国に来たばかりだ。ちょうど現れたところを目撃した」

「また日向を出歩いて……王の身に悪いことが降りかかれば、皆は酷く悲しみます。もっとご自分の身を大切になさってください。どうか、山の陰から出ないよう」

猫耳さん、普通に喋れるんだよなあ……。

もう無駄っぽいことは分かってきたので、私も口調について触れず質問をする。

「先程も陰の所に来るよう言っていましたけど、日に当たるのは良くないんですか？」

「偉大な神様のお言葉だニャン。影の中にいないと良くないことが起こるらしいニャン」

ああ、そういう宗教なのね。日光浴の禁止とは変わっている。

山の陰に集まっている理由は納得……できないな。だってここが陰なのって今だけでしょ？

「太陽が真上に来たらどうするんですか？　見たところ、屋根のある建物すらありませんが」

「……ここはずっと夕方なんだニャン」

「いいや違う。今は朝だ。日はこれから昇る」

「王様はまたそんなことを……日は必ず沈むニャン。そろそろ諦めるニャン」

ずっと夕方？　勇者からすればずっと早朝？

あ、分かった！　この国は今、白夜なんだ。地球でも北極圏などの地域では夏に太陽が沈まない。地平線にそってぐるぐる回るのだ。

だから山の周囲を二十四時間で一周するように移動を続ければ、ずっと日陰にいられる。夏季限定の宗教行事だと思えば納得もできる。王様は不信心者だったのか。

白夜であれば朝か夕方かで揉めるのにも納得だ。

謎多き集落について分かってきて、心にいくらか余裕が出てきた。

猫耳さんもキツくあたってごめんね。その猫耳と語尾も改めて考えれば……いや、変わらず嫌だな。それにしても精巧な猫耳だ。細く艶のある毛の質感はまさに猫そのもので、今にも動き出しそうな――

「動いた！」

「ニャッ⁉」

思わず出してしまった大声に驚いて、猫耳さんの猫耳が猫みたいにペタンとなる。

本物の耳だ！　私が知らなかっただけで、この世界には獣人的な種族が存在していたのか⁉　今さら世界観に関わる設定の追加はやめてよね。

「その耳、本物ですか？」

「本当に頭から生えてる耳だニャン。ここに来たばかりの人には見慣れないはずニャン」

「触るのは……」

「や、優しくしてニャン」

なんだこの感情は。ヤッター嬉しい！　と、殴ってやる！　が同時に矛盾なく存在している。

どうしよう、許可も出たし触っとくかな。

差し出された猫耳おじさんの猫耳に左手を伸ばす。人差し指で突っついてみると、ひんやりとした手触りだった。これこそ猫の耳。本物だ。

耳を触られてビクッとなる猫耳おじさんのおじさん部分にドン引きしつつ、猫耳おじさんの猫耳部分に癒やされる。

「本物ですね」

「僕は長い間、働き詰めだったんだニャン。だからこの国では猫みたいにノンビリ暮らしたかったんだニャン」

「……そうですか。その耳はどうして生えてきたんですか？」

「僕は長い間、働き詰めだったんだニャン。だからこの国では猫みたいに――」

「もう覚えたんで大丈夫です」

猫になりたくて猫になるんだったら、私は今頃ティラノサウルスになっている。

語尾を除けば対話が成立していた彼と、話が通じなくなってきたので猫耳から目をそらし、何となく下を見る。

私の左足のかかとは、ちょうど日向と日陰の境目にあった。この集落に入ったときと同じ位置だ。

「あれ？」

おかしい。昔、日時計を観察したことがあったが、あれは意外とすぐ動く。

少しのやり取りではあったが、ほんの数分で目に見えるほど影は動くものだ。正確には影が動いているのではなく、太陽の位置が――

「うそ」

私は急いで陰から出て、太陽の見える場所に走る。

猫耳さんが戻るように言っているが無視して太陽を確認しに行く。

信じられないことに、太陽は見えなかった。昇っても沈んでもいない。ここで目を覚ましたときと同量の光を、地平線の向こうから放っている。

白夜であれば平行に移動することも……いや、であれば影は動くはずだ。

日陰ゾーンから叫んでいる猫耳さんを意に介さず、薄明の国の王がゆっくりと近づいてきた。

私の隣に立ち、柔らかい声色で言う。

「何が気になっているんだい？」

「太陽が、太陽が全く動いていません」

「そうだ。ここは薄明の国。常に日が昇る直前。昼でも夜でもない、中途半端な国だ」

ここが惑星である以上、そんな現象が起こるわけ……まさか？

信じられない事象を前にして、私は左の頬を自らつねる。

「痛くない。ここはもしかして……夢の国？」

「いや、それは君の痛覚が鈍いだけだと思う」

夢の世界ではないみたいでーす。

確かに頬肉を引きちぎるくらいしないと、痛いって感じないかも。

◆　◆　◆

猫耳さんから日陰に来るよう再び言われ、集落の中に戻る。

どこに向かっているのか分からないまま勇者について歩いているところだが、早々に否定された夢の国説が現実味を帯びてきた。

相当パンチの効いた第一村人だと思っていた猫耳さんは、ここでは相対的に普通の存在だ。

歩きつつ辺りを見渡してみれば、おじさんに猫耳が生えている以上の異形で溢れている。耳だけでなく姿すら犬のような人、阿修羅みたいな姿の人、身長が五メートル以上ある人、顔の大半が埋まるほど目が大きい人。

現実世界にはいないはずの存在が平然と集まっている。やっぱり夢の国だよ。

夢じゃないとすれば異世界だろうか。世界は無数に存在するらしいから、こういう世界があっても不思議じゃない。

しかし勇者はバルシャイン王国の存在を知っていたし、同じ世界と考えるのが普通だし……。うーん、分からない。

私をどこかへ案内しようとしている勇者は、振り返らずに声をかけてきた。

「どうだい？　薄明の国は」

「変わった方が多いですね」

「そうだとも。どんな見た目に成り果てようとも、薄明の国は全てを受け入れる。もちろん君も」

人外博覧会に比べれば、私の黒髪なんて誰も気にしないだろう。

勇者が言う通り、この集落はのんびりとした平和な空気が流れている。人工物は極端に少ないが、おんぼろな椅子のような物はよく見かける。それが無くとも、手頃な岩に腰掛けて歓談している人が多い。

そして、現実世界と変わらず野良猫もいるようだ。

「ねこちゃん！」

私がねこちゃんに呼びかけると、何と返事が返ってきた……猫耳おじさんから。

「呼んだかニャン」

低い声で「黙れ」と言って猫耳おじさんを吹っ飛ばしたいところだが、低音も乱暴な動きもねこちゃんは嫌がる。

我慢だ。美しくかわいい本物のため、偽物を我慢しよう。

赤い砂の上にいたのは、白黒茶の配分が完璧な三毛猫だ。尻尾をピンと立てて、モデルのような歩き方でこちらに近づいてくる。

あ～かわいいいんじゃ～。

もう少し接近して私の存在に気がついた瞬間、あの三毛猫も逃げ出してしまうだろう。ユミエラ・ドルクネスになって以来、動物から果ては昆虫までもが私の存在を過剰に怖がる。

私はちょっとお触りできればいいだけなのに、どうしてみんな逃げちゃうんだろう。触って減るもんじゃないんだからいいじゃん。

でもいいの。無理強いはできない。遠くから眺めているだけで私は幸せなんだ。

薄明の国を我が物顔で歩く高貴な猫様は、ついに私の存在を認識する。

興味無さげにチラリと私の顔を見た猫は、すぐに視線をそらし、私の左の足下まで歩いてきて、ゴロンと地面に体を投げ出した。

「……え？」

「撫でてほしいみたいだニャン」

本来であれば言われなくても分かる現実を、猫耳おじさんの説明を聞いてようやく認識できた。

この三毛猫は撫でられたがっている。しかも私に。怖がる様子は一切なく、むしろゴロゴロと喉(のど)を鳴らしてリラックスしている。

猫チャンのこと触っていいのカナ？　痛くしないから、優しくするから安心してネ。相性良さそうなら私の家で飼っちゃおうカナ？　……ナンチャッテ（笑）。

三毛猫はまだ逃げないで、毛づくろいを始めてしまった。

たぶん私のほうが緊張している。だってユミエラになってから猫撫でたことないんだもん。キモい妄想だけは一流だけど、現実の経験値が追いついていない。

……よし触るぞ。やるぞ。ついに触っちゃうぞネコチャン。思わず幸せの笑いが漏れ出てしまう。

「ウェヒヒヒッヒヒヒ」

「笑い方が気持ち悪いニャン」

「じゃあお手々でさわさわするねえ」

「喋(しゃべ)り方もねっとりしてるニャン」

意を決した私が左手を伸ばすと、それを避けるようにスルリと三毛猫は立ち上がり歩き出す。

「えっ⁉」

「猫は気まぐれなんだニャン。少し待っても撫でられる気配が無いから飽きたんだニャン」

え……嘘(うそ)でしょ。レベルとか闇属性の魔力とかの要素じゃなく、私の決断が遅いから猫を撫でられる機会をみすみす逃したの？

「一生の後悔になりそう。死んでも死にきれない」

「一生の後悔なんて言葉は軽々しく使わない方がいい」

食い気味に、わずかに怒気を含ませそう言ったのは勇者だ。一生の後悔はオーバーな言葉選びだった自覚はあれど、ここまで反応するのには理由が……。

少々悪くなった空気が漂う中、猫耳おじさんが緊張感の無い声で喋り始める。故意か偶然かは不明だが、初めて彼にありがたいと感じた。

「あの三毛の子は、ここで唯一の猫仲間で僕のお兄ちゃんみたいな存在なんだニャン」

「そうかい？　僕は君がお兄さんで三毛猫が弟だと思うけれど」

「王様はいつもそう言うニャン。でも猫に関しては僕の直感の方が当たるんだニャン」

兄でも弟でもなく他人だと思います。

それにしてもオスの三毛猫は珍しい。遺伝子の関係で三毛猫はほとんどがメスで、オスは高値で取引されたりもするくらい貴重だ。

その三毛猫クンは本当に飽きて動き出しただけのようで、私の手から逃れた後はゆっくりと尻尾を揺らしながら歩いている。後ろから見てもかわいい。

私たちは猫の後ろ姿を追わずに見送ろうとしたが……猫耳おじさんはハッと何かに気がついて走り出した。

「いけないニャン！　また画家の子のキャンバスで爪とぎをするかもニャン！」

「ね？　彼が兄だろう？」

いやだから他人です。かわいい猫と変なおじさんに血縁関係があってたまるか。

思ったことを口には出さず、私は勇者と一緒に猫一匹と人間一人を追った。

「セーフだニャン」

三毛猫はすぐに猫耳おじさんに捕まり、大人しく抱っこされたままになった。この子、抱っこもさせてくれるんだ。


さて、猫に導かれ集落の反対端まで私たちは来ている。

珍しいものだらけの場所だったが、ひときわ目立つ物を見つけた。

絵を描いている女性だ。一心不乱にキャンバスに筆を走らせる後ろ姿が見える。三毛猫が爪とぎをしようとしていたのは彼女のキャンバスだったのだろう。

特筆すべきはその絵画の出来である。なんか……すごい芸術的だった。何が描いてあるのかは分からない、ピカソ的に芸術的だった。

足を止めて思わず見とれてしまう。抽象画とか分からないけど、本物の芸術は違うと本能の部分で感じる。

人物にも見えるし、星空にも見えるし、焼き鳥の盛り合わせにも見えるし、不思議な絵だ。

芸術は頭じゃなくて心だから。考えずとも、素晴らしいことは感じられる。

吸い込まれるような絵画を鑑賞していると、画家の彼女が筆を止めずに喋った。

「こんな下手な絵、見ていても楽しくないでしょう?」

「いいえ、芸術的ですよ」

「そんなこと散々言われてきた！　わたしは写実的な絵が描きたいの！」

長い髪を振り乱して彼女は叫ぶ。

写実的？　写真みたいな絵ってことだよね？

彼女の抽象画は写真の正反対だ。写真の無い世界ゆえ、本物みたいな肖像画に人気があるのは事実だけどさ。

どう見ても訳の分からん……いや、訳が分からんではなく芸術的な絵画だ。写実的な絵を描こうとしてこれなら、マジで才能無いと思うけど……。

答えあぐねていると、彼女は振り返って続ける。

「芸術的芸術的って、理解できないからそう言ってるだけでしょ!?　現実を写し取ったような絵こそがすばらしいの！」

「…………いいえ、貴女（あなた）の絵は写実的でした。現実そのままです」

私は慰めのための嘘をついたわけではない。

本当に写真みたいだったから、そう言っただけだ。

絵描きの彼女の顔は、パースが狂いまくりだった。顔のパーツが平面的に配列され、言うなればピカソみたいな顔だった。パブロ・ピカソさんに似てるわけではなく、彼の絵画に出てくるような顔だった。

異形だらけな薄明の国。まさかピカソ顔の人までいるなんて。

本当の意味でピカソみたいな彼女は、不安げに言う。

「本当？　この絵こそは現実そっくり？」

「ホントです。見分けがつきません」

写真のような絵はあるけれど、観察すれば絵だと分かる。

しかし、いま私の目の前には現実と見分けのつかない肖像画があった。正確に言えば、落書きのような絵と、見分けのつかない現実があった。

額縁からそのまま出てきたとしか思えない彼女は……恐らくだが私を見て言う。

「ほんとの本当？　この絵は写実的？」

「絵みたいな現実……間違えました、現実みたいな絵ですよ」

「そう。長かった。やっと、やっとわたしは」

奇抜な顔が、奇抜な絵と向かい合う。

彼女は手を伸ばし、そっと絵に触れた。絵の具で汚れた細い指が、変容を始める。

手の甲に付着した赤い塗料が、爪の間に入り込んだ青い絵の具が、人間の部分を侵食していく。

呆気（あっけ）に取られているうちに見覚えのある画風になってしまった。

「あの、手が……」

異形化を気にする様子も無い彼女に声をかけると、そこで初めて自らの手に視線を向けた。

同じタッチになってしまった自分の絵と手を見比べる。

「やっとよ、やっとわたしは理想の絵を描けた。大嫌いだった昔からの画風を捨てて、現実を切り取ったような写実的な絵をようやく描くことができた」

変わったのは絵じゃなくて手の方ですよ。とは言い難い、異様な雰囲気を彼女は放っていた。

何か良くないことが起こりそうな空気に私も気圧され、猫耳おじさんと腕の中の三毛猫は耳をすぼめて怖がっている。その中、王様だけが絵描きの彼女に近づいた。

「王様、わたしついに納得できる絵を描けたわ」

「何よりだ。僕は君の絵のファンだからね、嬉しいよ。次はどんな作品に挑戦するんだい？」

「もういいの。これで終わり」

「どうしてだい？　君の画家人生はこれからだよ。この国ならいくらでも描ける」

「ありがとう王様。でも大丈夫、薄明かりの国でこれだけ絵を描けたのですもの。楽しかったわ」

彼女の表情は読み取れないが、嬉しそうな様子が伝わってきた。王様の表情は読み取れた、とても悲しそうだった。

キャンバスが崩れだしたのはそのときだった。絵の具が剥がれ落ちるように消えていき、赤い砂が零れ落ちる。台の脚も崩壊して、キャンバスは倒れ、赤砂の大地と同化する。

注視していた絵画が消えてしまい、呆然と作者に目を向けて、驚いた。

絵描きの彼女にもキャンバスと同じ現象が始まっていた。体が砂になり崩れていく。

しかし本人は穏やかで、当然のように消滅を受け入れていた。

「ねえ王様、そんなに哀しそうにしないで？　苦しくない分、死ぬよりずっといいわ」

「どうして行ってしまうんだい？　薄明の国はこれから朝になる。まだまだこれからだ」

「ごめんね。わたしには夜が来たみたい。この薄明かりは夕暮れだったわ」

その言葉を最期に、彼女は完全に崩れてしまった。物言わぬ赤い砂に変わり果て、大地に還(かえ)る。

人ひとり分、砂の山が出来そうなものだがそれすら無かった。痕跡(こんせき)を一切残さず彼女は消えてしまったのだ。

王様は彼女のいた場所に膝(ひざ)をつき、黙祷(もくとう)をした。私も倣い頭を垂れる。

形式的に祈りはしているが、私の脳内を占めているのは彼女がいなくなった悲しみではなく、その原因だった。

他に消えそうな人はいないか、私も砂になってしまわないか、不安に視線をさ迷わせる。

すると猫耳おじさんが横からこそっと言った。

「この国の住民は、皆が未練を残して人生を終えています。それが解消すると今のように消えてしまうのです……」

真面目トーンのときは語尾にニャって付けないのかな。

「……ニャ」

無理して付けなくていいのに。

でもおじさんの話を聞いて確信した。

「ここは死後の国……私、死んじゃったんだ」

ここが死後の世界ではないかとは、少し前から薄々勘づいていた。

目が覚めたら全く違う場所。長距離ワープよりも死後の世界と考えた方が納得できる。姿が変わっていなかったり、バルシャイン王国を知っている人がいることから、また転生したとも考えにくい。

死後の世界ってあったんだ。死ぬの二回目だけど知らなかった。

一回目は交通事故、二回目は……なんで死んだんだ？　一般女子大生は車に撥ねられたら死ぬけど、ユミエラ・ドルクネスはどうしたら死ぬんだ？

宇宙空間から生身で大気圏突入しても平気だったし、たぶん溶鉱炉に沈んでも大丈夫。そんな私が死んだのだからよっぽどの……何だろう？　思いつかないし、記憶がなければ答え合わせも出来ない。

「死因……覚えてない」

「そういうものニャ。僕も気が付いたらここにいたニャ」

「死んだ人はみんなここに来るんですか？」

私が何を知りたがっているか分かったのだろう。猫耳さんは顔を曇らせた。

「……言いにくいことですが、大事な人との再会は諦めた方が良いです」

また語尾を忘れた猫耳さんに告げられるが私は納得できなかった。だって、何十年かすればパトリックもエレノーラも寿命になって、こっちにやって来るはずだ。

「でも、ここは死後の世界なんですよね？　待ってさえいればパトリックとまた会えますよね!?」

猫耳さんは無言で首を振る。

どうして？　その疑問に答えたのは、黙祷を終えた薄明の国の王であった。

「薄明の国は、死後の世界であるがあの世ではない。この世界について説明しよう」

三毛猫がニャーンと鳴いた。大好きなその声に、私は反応できず勇者の話に聞き入った。

二章　裏ボス（右）、寝室で目覚める

目が覚めると薄暗かった。

どうやら早く起きてしまったようだ。カーテンから外を見るとわずかな明かりが確認できる。今は太陽が出る前、段々と東の空が明るくなってきたくらいの時間だ。

こんなに早起きするなんて珍しい。冬だから冷えるけど、自然な寝覚めは清々しいものだ。

私の部屋、自分のベッド、体を起こして両手を伸ばし……あれ？

「痺れてる？」

両手を上にググッーと伸ばそうとしたが、左手はダランと垂れたままだ。感覚も無い。

睡眠中に変な体勢になって痺れちゃったのかな？

そう思い逆の手を使い揉んでみるが……本当に感覚が無いな。左手は指の一本すら自らの意思で動かせず、右にされるがままになっていた。

これは単に痺れているのではなく…………ちょー痺れているのだ。

「すっご……誰か！　見て見て、すごいから！」

このハイパー痺れを誰かに教えてあげたい。思い浮かんだのは私の最愛の人、パトリックだった。

早朝だけど叩き起こして見てほしい。

彼の部屋へと走るべくベッドから飛び降りる。しかし、私はバランスを崩して転んでしまった。おかしい。ありえない。急いで転ぶほどヤワな平衡感覚は私らしくない。

「足もだ」

床に転がったまま足を検分して分かった。

左足もすごい痺れている。動かせる方の手で揉んでも感覚が全く無かった。そりゃあバランス取れなくて左側に倒れるよ。

その後、動かせる右手で調査して分かった。左半身は頭から爪先まで、感覚が一切ない。まさかと思い確認してみると、左目も見えていなかった。口も片側だけ動かないのでちょっと喋りづらい。

「これは……脳が原因？」

ハイパー痺れとか言ってる場合じゃなかった。寝ているあいだに脳梗塞みたいな病気になってしまったのかもしれない。

こういうときは救急車を呼んで……電話どころか脳の血管を見てくれる病院すら無かった。でも大丈夫、あって良かった回復魔法。

細菌やウイルス、自分の免疫反応などが由来でなければ大体の病状に回復魔法は有効だ。私は有り余る魔力を使い、体全体に回復魔法を行き渡らせた。

これで私は元気いっぱい。私はスッと立ち上がり、そして左側に崩れ落ちる。左半身の症状は継続中、魔法は効かなかった。

私はようやく自分の体が緊急事態だと理解する。

「誰かー、助けてー」

私のＳＯＳを受け取り、救いの手を差し伸べてくれたのはメイドのリタだった。

学園の寮から一緒にいる彼女は、ちょっとやそっとじゃ動じない冷静さを持っている。床に倒れ伏す主人を見ても顔色一つ変えない。

「おはようございます、ユミエラ様」

「おはよう」

「またベッドから落ちて起きたのですか？　寝相が悪いままだと、パトリック様と同衾(どうきん)するときに困りますよ」

忠義心の強い従者は、私が半身麻痺(まひ)で倒れているのに全く心配していなかった。

朝に床でひっくり返っているのは日常茶飯事だけどさ、主従パワー的なので異常を察知してほしかったな。

このままでは危機的状況をスルーされそうだ。ちゃんと言葉にして助けを求める。

「たすけてー」

「はい、ただいま朝の紅茶をお淹(い)れいたします」

考えても無駄な意味不明発言をするのは日常茶飯事だけどさ、助けてと言ったときは助けてほしかったな。

「リタ、真面目な話だからよく聞いて」

「大きなシュークリームを枕にするのはダメですよ」

「寝ぼけてたときの戯言じゃなくて！　いや、あのときは真面目に言ってたけど」

「今日はどうされました？」

オオカミ少年の典型例みたいな状況に私は追いやられていた。

病状を伝えたいのに、向こう側は大きなシュークリーム枕くらいの認識で聞き流そうとしている。

というか数日前の私は寝起きとはいえどうかしてた。シュークリームは大きくなっても枕にできる形状ではないだろ。

「ジャンボエクレアの方が枕向きよね。チョコで髪が真っ黒になりそうだけど」

「……そうですね」

「あ、真っ黒なのは元々か」

「紅茶の準備がありますので――」

「待って待って！　左半身が動かないの！　腕も足も力が入らなくて、立つのも難しいの」

◆　◆　◆

あれからリタの対応は早かった。

彼女ともう一人のメイドさんに手伝われてベッドに寝かされる。その頃には事態を知らされたパトリックも駆けつけていた。

程なくしてお医者さんもやって来る。

診察の結果は原因不明。脳や神経の損傷は高位のポーションで治るらしいので、回復魔法が効かない時点でそれ以外が原因。

そうなると肉体側が怪しいのだが、半分だけ急に動かなくなるなんて症例は聞いたことがないようだ。

意識もハッキリしているし、左半分以外は健康そのものだ。片足で跳ねながらであれば移動もできる。日常生活に戻れそうだが、しばらく安静にするようにとパトリックから監視されて私は横になっていた。

「なんか大事になっちゃったね」

「体が動かないのは大事だろう」

「半分だけだし。あ、今だったら右側の私の方が強いね」

そういや昨日はそんなことを考えていた。互角に思われた左右対決は、結果が一目瞭然(いちもくりょうぜん)になっている。右ユミエラ大勝利、左ユミエラは最初から死んでいる。

「そんなこと言ってる場合じゃないだろ。王都に行って有名な医者を当たろう。きっと元通り動くようになるさ」

「そうそう、そのうち動くって。人間が半分だけ死んじゃうわけないんだから。私の左側は眠ってるだけ」

話の内容はポジティブでも、お互いにずっとこのままなのではと不安を抱えていると分かる。私とパトリック、二人きりの部屋が嫌に静かだ。会話の途切れたタイミングが気まずい。

暗い雰囲気が漂う部屋に、正反対の明るい声が響いた。声の主はパトリックの足下、正確には彼の影から現れる。

「いえーい、お兄さんげんきぃ⁉　ボクは元気！　だってお姉さんが死んだんだもん」

久々に見た気がする闇の神レムンは、かつて無いほどハイになっていた。しかし言葉の内容が不穏だ。

お姉さんが死んだって……どこのお姉さんがお亡くなりになったんだろう。レムンは徹底して人の名前を呼ばないから分かりにくい。でもお悔やみ申し上げます。

彼はハイテンションなまま、呆気にとられて無言のパトリックに語りかける。

「これで世界の秩序は守られるね！　いやいや、邪神を倒してくれたのは感謝してるけど、お姉さんってそれ以上に危ないところがあるからさ。この前、翼を生やしたときはもう終わりかと思ったよ」

ケラケラ笑うレムンにパトリックは困惑したままだ。

私は右手だけを使い上半身を起こし、彼の肩を後ろから叩く。

「突然どうしたんですか？　普段は出て来ないのに」

「ん？　ああ、お姉さんか。だからお姉さんが死んで嬉しいなって…………生きてる⁉」

闇の神は顔を引き攣らせて私を見る。

どうやら彼の話に出てきたお姉さんは私を指していたようだ。……いや、普通に生きてるけど？

どうして死んだと勘違いしたの？

レムンは幽霊を確かめるような調子で、私の体をツンツン触ろうとしてくる。それは右手でガードした。

「ホントに生きてる。なんで!?」

「どうして死んだと思ったのかが不思議です」

「だって薄明の国にいるはずなのに……」

そう言っている間も、彼はビクビクしながら私の右手を突っついていた。

ひとしきり手をツンツンした神様は、納得できなさそうに首をひねる。

「うーん、やっぱり生きてる」

「だからどうして死んだと思ったんですか。薄明の国？　って所にも行ってませんよ」

「ボクの勘違いだったのかなぁ。ごめんね？　勘違いでこんなに喜んじゃって」

謝って欲しいのは、勘違いよりも私が死んだら喜ぶ事実なんだけどな。

世界の秩序を最優先するレムンとしては、ユミエラという異分子は邪魔なんだろうけど、せめて本心は隠せばいいのに。

私は呆れていたが、パトリックはお怒りのようだ。ピリッとした空気を察知し、レムンはあからさまに話をそらす。

「あれあれ？　お姉さんはどうして横になってるの？　どこか調子悪い？　そう言えばボクはお見舞いに来たんだっけな」

調子の良すぎることを言うレムンにイラッとしたが、ふと現状を思い出した。左半身が動かないこの症状、彼なら何か知っているかもしれない。

　怒りを飲み込んで、半身の異常を説明しよう。力なく垂れた左手を掴み、ぶらぶらと動かして見せる。

「この通り、朝起きたら体の左半分が動かなくなっちゃったんです」

「……左手、触ってみていい？」

　許可を出す前にレムンは突っついてきた。先ほど右手を触られたときと違い、全く指先の感覚が無い。触診は早々に終わり、神様は一言呟いた。

「死んでる」

「はい？」

「そういうことか……半分だけ薄明の国に行ったんだ」

「さっきから言ってる薄明の国というのは——」

　レムンはしばらく考え込んで、うんうんと一人で頷いて納得している。

　彼が私は死んだと勘違いしたこと、左半身の症状。関係の無さそうな二つが関わっていることは何となく分かった。だが、たびたび出てくる薄明の国が何なのかは想像もつかない。

　事実が判明したのなら教えて貰おうと思ったところ、レムンの真顔が笑顔に変わる。

「ボクなにも分からないや。力になれなくてごめんね。じゃ」

　一呼吸でそう言って、彼は出てきたパトリックの影に入ろうとする。あ、逃げる気だ。

　まあ、非力なレムンの逃亡劇が叶うはずもなく、パトリックに首根っこを掴まれて影には潜れなかった。

レムンは諦め悪く逃げ出そうと手足をバタつかせたが、すぐに息切れして静かになり、観念してため息をつく。

首根っこを掴まれて宙に浮いたまま、パトリックの詰問が始まった。

「レムン、知っている情報を教えてもらおうか」

「いいよ、何から聞きたい？」

「ユミエラの体が動かなくなったのは何故だ？」

「お姉さんが半分だけ死んじゃったから。薄明の国にいたのは半分だけだったんだね」

「薄明の国？　あの世のようなものか？」

「いーや。死なないと行けない世界だけども、死後の世界ではない」

どゆこと？　死んだ人が行く場所なら、それはあの世では？

パトリックが意味分かるかと視線を向けてくるが、ちんぷんかんぷんなので首を横に振る。

「訳の分からないこと言って、煙に巻こうとしてません？」

「違うって。本当は存在しないんだけど、この世とあの世の中間に確かに存在してて――」

死後に行けるけど、死後の世界ではない。存在しないけど、存在する。

明らかに矛盾した説明をされて私とパトリックは顔を見合わせる。

難しい哲学みたいに理解できない説明をレムンはさらに続けた。

「昼でもないし夜でもない。日は沈んでいるのに明るい世界。だから薄明の国」

「それは……分からなくもないですけど。その前の説明が意味不明すぎて」

「紙を使えばもう少し分かりやすく説明できるんだけど……」

「そういうこと言って、逃げ出そうとしてません？」

「もう逃げないよ。よく考えたら、お姉さんってボクを影の中から引っ張り出せるじゃん。無駄なことはしたくない」

パトリックから解放されたレムンは「物を取るだけ」と前置きして、影から紙を一枚取り出した。

説明する用の紙が用意されているのを不思議に思いつつ、差し出された一枚に目を向ける。

文字や絵があるものと思っていたが、紙上は至ってシンプルだった。真ん中を境にして半分が白色、もう半分が黒色だ。

白黒に塗り分けられた紙を使い、レムンは何を説明するつもりだろうか。それを指し示す彼の話に耳を傾ける。

「こっちの白い方が生者の世界、この世でも現世でもいい。逆の黒い方は死者の世界」

「黒が薄明の国ですか？」

「ううん。そこは死後の世界、何があるかはボクも知らない。薄明の国はこの紙で言うと、白でも黒でもない部分」

白黒二色刷りの、白でも黒でもない部分？　グラデーションで灰色の箇所など無く、紙は真っ白か真っ黒……生か死かの二択しか見当たらなかった。

理解できずにまた顔を見合わせる私とパトリックを見て、レムンはクスクスと笑う。

「頭が固いなあ。こうすれば分かりやすいかな」

彼はそう言って白と黒の境目をなぞる。

すると指の軌跡に赤い線が浮かび上がった。白黒二色だった紙は、真ん中に赤い線が引かれ、線を境に白黒が分かれていた。

昼でも夜でもない、赤い夕方が紙上に出現したのだ。

「この赤い所ですね」

「そう。ここが薄明の国。この世とあの世の境目」

ふーん。そんな、三途(さんず)の川の水中みたいな場所があったんだ。

しかしこの赤い線がねぇ……何の気無しに手を伸ばし、この世とあの世の境目に指を走らせる。

すると、指先が触れた部分だけ赤線が消えてしまった。指でインクを拭(ぬぐ)い取ってしまったわけではない。色が移っていない指先を見ていると、レムンは自慢げに言った。

「ふふ、いいでしょ。この紙ボクが作ったんだ。消えちゃった部分をもう一度なぞってみて」

言われた通りに消えた部分の境界線に指を走らせると、消えていた赤線が再び浮かび上がった。

へー、おもしろ。不思議な紙を何度も触って遊んでいると、パトリックが口を開く。

「この細工に意味はあるのか？　最初から赤線があればいいじゃないか」

確かにそうだ。私は触って遊ぶのに夢中で気づかなかった不思議な紙の製作理由は、すぐにレムンから明かされる。

彼は私から紙を取り上げ赤い線を消し、最初に提示された白黒の状態を再現する。

「赤線があった方が分かりやすいけど、本当は赤線なんて存在しない。もう一度言うよ、白でも黒でもない部分が薄明の国。今度は分かるよね？」

私は先ほど意味不明だったレムンの言葉を思い出した。

『本当は存在しないんだけど、この世とあの世の中間に確かに存在してて――』

白でも黒でもない部分は存在しない。でも今は境界線が見える。白でも黒でもない、何色でもない、太さゼロの境界線は確かに存在していた。

「分かったみたいだね。この世とあの世の境目にあって、存在すらも不安定な世界。それが薄明の国」

どんな場所なんだろう。赤道が赤くないみたいに、本当に赤い世界ではない気がする。国名は生と死の境目を意識しているようだから、実際は常に夕方でもないのだろう。

行ったことのない薄明の国を想像していると、パトリックが言った。

「人は死後、薄明の国に行くという認識で問題ないか？」

「全員は行かないよ。強い未練を残した人だけがしがみついて留まっているだけ。世界自体が不安定だから、住民も人間としての性質が変容していく」

強い未練がある人が死にきれないってのは分かるけど……性質が変わるとはどういう意味だろうか。私はレムンに質問した。

「住民が変容するというのは、具体的にどういう？」

「例えばだけど……働き詰めのまま過労死して、死に際に猫みたいにのんびり過ごしたかったと後悔した人がいたとする。その想いが薄明の国では自己に反映されるんだ」

「猫みたいにのんびり暮らせるんですか？　天国みたいな所ですね」

「ううん。根が真面目だから周りに世話を焼いてあまり休めない、猫耳を生やしたおじさんになる」

天国じゃなくて地獄だ。ゆっくりしたかったが本質なのに、猫みたいになりたいって部分だけが叶えられちゃうなんて。

まあ、例えは地獄だったけど分かった。この世に対する未練みたいな想いの力で、肉体が変容するってことか。

しかしレムン君よ、ニコニコしながらする例え話では……例え話、だよね？

誰も幸せにならない悲しき猫耳おじさんなんていないよね？　レムンに確認しようかとも考えたが、事実だとして悲しくなるだけなので質問はグッと飲み込んだ。

「そこにいて変わっていく人たちは、最後どうなるんですか？」

レムンは紙の黒い部分をトントンと叩く。

「満足するとこっちに行っちゃう」

「未練が解消されない人もいるでしょう？」

「そーいうのも時間が経つと勝手に消えちゃうよ。だいたい百年くらいかな？　それ以上長く留まってたのは一人しか知らない」

薄明の国で変身できたところで、無くならない未練は沢山あるだろう。それを勝手に消えちゃうと形容するあたり、人間個々人に興味が無いレムンの性格が表れていた。

漠然とではあるものの薄明の国について分かったが、これは前提の説明でしかない。

天国とも地獄とも言えない世界と、私の左半身が動かなくなったこと。一見無関係な二つに関わりがあると考えると、一つの答えが浮かび上がる。

レムンは私の半身を触って確かに言ったのだ。死んでいると。

「私の半分は……」

「そうだよ。お姉さんは左半分だけ死んじゃって、左半分だけ薄明の国にいる」

三章　裏ボス（左）、魔王と再会する

オーケー。じゃあ最初から説明するね。

私の名前はユミエラ・ドルクネス、乙女ゲームの世界に転生したときから、私がたった一人の悪役令嬢！　後は知ってるでしょ？

ひたすらレベルを上げた。魔王とか色々倒して、恋もした。近いうちには結婚式も……いやこの話はやめとこ。

私はレベル99になり、ついにはレベル上限すらも突破した。やっぱりレベル上げは最高！

……でも死んじゃった。死因は分からない。勇者を名乗る青年に会って死後の世界……薄明（はくめい）の国について聞いている。


赤い線で白と黒に分けられた不思議な紙を用いて、勇者から解説を受けて……ちょうど話が終わったところだ。

「――こんなものだろうか。何か質問は？」

「この紙ってどう作ったんですか？」

王様から薄明の国についてレクチャーを受け、一番気になったのは不思議な紙だった。白黒に塗り分けられ、境目をなぞると赤線が出たり消えたりする。

気になるのそっちかぁ……と王様は苦笑して、質問は猫を抱いた猫耳のおじさんが答えてくれた。

「神様が作ったものを貰ったんだニャ！」

「へー、神様もいるんですね」

「そうニャ！　たまにしかお会いできないけれど、何でも教えてくれるいい神様ニャ！」

へー。説明用に不思議な紙を作ってくれるあたり、本当に良くしてくれる神様そうだ。どこぞのレムン君とは大違いである。

無いのに存在する薄明の国についても、黒白紙のおかげで何となくだが理解することができた。

未だに目が慣れない真っ赤に染められた世界を見回した。寂しい不毛の大地は、正体を知ると余計に悲しさが際立つ。

ここがどこかは分かり、死後の世界とちょっと違うとも知ったが、結局は死んでしまったのだ。私は未練を残したまま死んで、薄明の国に縋り付いているのだ。

死んだ実感ないな……死因も不明だし、納得しきれない。

無言で死んだ事実を反芻していると、王様は言った。

「薄明の国を皆は夕方だと言う。生は終わり、死を受け入れるしかない夕方だと言う。でも君は、あの地平線を見て朝焼けだと断言した」

「適当に言っただけですよ」

「あの光景を見て早朝と思った人物は、数百年のうちに現れなかった。君と出会ったときから確信していたんだ。日はこれから昇る。僕は生き返ってみせる」

蘇りを宣言する彼の瞳は死人と正反対の輝きを放っていた。

先ほどまでの説明を聞いた限り、この世界は生から死への一方通行に思えた。しかし、ここまで自信に溢れて言われると、やれそうな気がしてくる。

「生き返る方法があるんですか？」

「手がかりは掴んでいる。そして君自身も生き返るための鍵になるはずだ」

私？　こっちに来てから魔法も使ってないし、腕力も披露していない。腕っぷし以外で出来ることなんてあるかな……。

「君は薄明の国に来たばかり、つまりはこの世界の影響を受けていない」

この世界の影響というのは、絵描きの女性のように姿形が変化することだろう。現実のような絵を描きたいという想いが原因で、彼女の肉体は絵のように変わっていた。

おじさんの耳も生前の未練ゆえに変化したものだ。猫みたいに生きたかったという想いは理解できるので、今もぴょこぴょこ動く猫耳を許せそうに……ならないけどさ。

王冠にマント、王様然とした王様もかつての姿とは違う可能性がある。王様になりたかっただけの一般人だったのかもしれない。

人生の後悔という一番踏み込まれたくない部分だろうから、直接は聞かないけれど想像はしてしまう。

今おじさんが抱いている三毛猫ちゃんはどうなんだろう？　猫だから対象外なのかな？

私もそのうち身体に変化が現れるのだろうか。どう変わってしまうのかは想像できない。

自分の体を見回してみるが、左手も左足も変身する気配が全く無い。死んで間もない人はみんなこんなもんだと思うけれど……。王様はどこに特殊性を見出しているのかな？

彼は少し逡巡し、言いづらそうに口を開いた。

「……君は既に体が変化している」

「え？　え？　どこか変ですか？　顔とか？」

左手で左頬を触ってみるが、感触は普段と変わらなかった。

王様の勘違いじゃない？　本当に変わっているの？　と視線を向けると、猫耳おじさんは気まずそうに目をそらした。

「どこが変わってますか？　鏡を見たいです」

「一応、鏡はあるが……」

王様は小さな手鏡を取り出すが、私に渡すか悩んでいる様子だった。

そして遠慮がちに差し出された手鏡を、私は左手で奪うように受け取り覗き見る。

「……え？　なにこれ」

「君は初めて会ったときからその状態だった。段階的ではなく最初から、変化ではなく消失……君は前例の無い事象に溢れている」

鏡の中の顔は、半分しかなかった。

縦に真っ二つにされたように、右側の頭部は存在していなかった。断面部分は真っ黒に塗り潰されている。

頭だけではなく、体も真ん中から半分が存在しない。右手も右足も見当たらない。

目覚めてから痛みも違和感も無かった。普通の感覚で歩けていたし、右手が使えない不都合もあっただろうが気にならなかった。

まさか私が、脳天から一刀両断されたみたいになっているとは。記憶に無い死因にも関係あるかもしれない。右半分を消滅させられたとか？　ブラックホールではこういう直線の断面にならないので、思い当たる現象は無い。

断面が気になり、左手で右頬を触るように、真っ黒に塗り潰された平面をペタペタ弄る。顔を触られた感覚は無く、手にはひんやり冷たい金属のような感触が伝わってきた。

つまり私は、日本刀で縦に両断され、右半分は焼却され、左半分は断面を金属でコーティングされ……それらのどれかが原因で死んだということだ。絶対違う。

本来なら死ぬときに潰されようが、手足に欠損があろうが、薄明の国に来た時点で、生前の健康的な姿になっているらしい。だから私が左半分だけなのは、特殊な原因があるはずだ。

薄明の国の影響だとしても、右半分が消失するような想いは一つも思い当たらなかった。右側にコンプレックスがあったわけでもないし、体重を半分にしたいと思ったこともないし……。

「どうして右半分が消えたんですかね？」

「君が分からないのなら、僕にも分からない」

王様は首を横に振って言った。そして続ける。

「分からないが……君がそうなった原因を追い求めれば、生き返るための手がかりになるかもしれない」

「さっきも言ってましたけど、現世に戻る方法があるんですか？」

「僕はずっとその方法を探していた。いくつか手がかりになりそうな物も発見している。だからどうか僕に協力して欲しい。君も生き返りたいだろう？　やり残したことがあるはずだ」

王様の目は輝きを増し、この薄暗い世界に夜明けが来たのではと錯覚する。

やり残したことは山ほどある。

パトリックともっと一緒にいたいし、エレノーラやリューともっと遊びたい。レベルももっと上げたいし、結婚式は……そこそこやりたい。

「協力します。私も生き返りたいです！」

生きてやりたいことに意識が集中していた。

だから、このときの私は、蘇るということの意味をよく考えずにいたのだ。

◆　◆　◆

さあ今すぐにでも出発という雰囲気の中、猫耳さんに水を差される。

「本当に行くのかニャ?」

「平気ですよ」

「日光に当たるのは良くない。気にせず出歩く王が特別なんだ。止(や)めたほうがいい」

語尾が取れるあたり、彼は本気で心配しているのだろう。

でも私は絶対に行かなきゃ。黙って首を振ると、おじさんは諦(あきら)めたようにため息をついた。

それから三毛猫を脇に下ろし、何かの小瓶を差し出してくる。

「これだけでも持っていくといい」

「香水……ですか?」

小瓶を渡されてすぐに香水だと分かったのはエレノーラの影響だろう。

好奇心を抑えられず、私はすぐさま手首にワンプッシュして香りを確かめる。猫耳おじさんからのプレゼント……。

「……犯罪の臭い?」

罪状が分からないタイプの匂いだ。明確に法を犯してない分、おまわりさんも猫耳には苦労するだろう。

そんな匂いはしないとして、何の匂いかはよくわからなかった。スパイシーな香りに花が包まれている感じだろうか。

「ここの香りだよ。薄明の国をイメージした」

「イメージ……した?」

まるで猫耳おじさんが自分で作ったような言い方だなと疑問を感じて聞き返す。

すると彼は、その通りだと頷いた。

「ああ、僕が作ったものなんだ。生前からそういうものを作っていた。過労で倒れて仕事を引退して、その後にちょっとだけね」

猫耳さん、老後の趣味で香水作ってたんだ……。彼の他にも老後に香水作りに目覚めた人を知っているけれど、登山とか蕎麦打ちとかみたいなノリでよくあることなの？

改めて香りを嗅いでみるが、何の香りか分からなかった。

薄明の国をイメージしたらしいが、この砂漠って無臭だと思うけれど……。

私の鼻がおかしくなったのかと勇者に視線をやると、彼は困ったように笑った。これは猫耳おじさん特有の感性であるらしい。語尾を忘れたまま彼は言う。

「夕暮れの不毛の大地ではあるが、そこに住む人達は穏やかに思い思いの日々を過ごしている。優しい死後の世界に着想を得たんだ」

「……ヨンラム氏？」

あり得ないと思いつつも、私の口からはある人の名前が出てきた。

不遇の調香師ヨンラム氏。老後に調香師を始めて、風景や文化に着想を得て独特な感性で香水を作る……条件が揃いすぎている。

しかしエレノーラの尊敬する彼が、まさかこんなふざけた見た目をしているはずがない。

「どうして僕の名前を？」

「本当にヨンラムさんですか⁉　あの⁉」

「何を勘違いしているかは知らないが、僕はそんな大層な人物ではない。小さい頃から父の言いつけ通り勉強をし、父と同じく官吏として勤め、結婚もできずに死んだんだ。弟のように自由気ままに世界中を旅したいと思ったが、引退後にそんな体力は残っていなかった。もう少し自由に振る舞えば、もう少し休んでいればと後悔しながら死んでいった男だよ」

　猫になりたくなっても仕方ない人生を聞いて、私はさらに確信をした。

　彼こそがヨンラム氏その人だ。私は、彼の老後に少しばかり詳しい。

「過労で倒れてお仕事を引退した後、香水を作り始めたんですよね？」

「少し憧れていてね。隠居老人の趣味だから、誰にも相手にされなかったが」

「死後に評価されるんです。あなたの香水は大人気なんですよ！」

　彼が不遇と評される所以は、世間に評価される前にこの世を去ったことだ。遅咲きのヨンラム氏は自分の作品が日の目を見る瞬間に立ち会えなかった。

　現在では、あの香水大好きエレノーラが絶賛しているほどだ。私は数えきれないほど聞いた。

「そんなはずがない。だって僕が作った香水は――」

　私は香水に全く興味がない。それでも、同じ話を何百回も何千回も聞いていれば覚えてしまうものだ。

　彼が続ける言葉が、私には分かった。

「『偽物の香り』」

完璧（かんぺき）に重なった言葉に酷（ひど）く驚く彼に代わり、私はさらに続ける。

「ヨンラム氏の香水が偽物と呼ばれる理由は、知らない場所や物をモチーフにしているからです。世界を放浪した弟さんの旅行記を基にして、未知の景色や文化や花などをモチーフにした香りを作りました」

大樹が乱立した深く暗い森、みんな陽気で音楽が大好きな国、一部の地域にしか分布していない珍しい花。

誰も知らないモノの香りはすぐには受け入れられず、未知の世界への想像をかきたてられると話題になったのは調香師の没後であった。

製作の動機まで言い当てられて、私の言葉を信じなかった彼は狼狽（うろた）える。

「し、しかし……僕は街から出たことが数えるほどしかない人間で、文章だけで想像した香りはきっと的外れなもので……」

「そうですよ。本物は全く違う香りです。貴重な花は現地では悪臭で有名です」

香水だけでしか知らない珍しい花があれば、実物が気になるのが人間だ。とある大貴族のお嬢様は大金を叩（はた）いて大陸外の花を取り寄せた。届いた花は、伝聞通りの特徴であったが耐え難いほどの悪臭を放っていた。

弟の旅行記には花の見た目しか書いていなかったからヨンラムさんは知る由もないことなのだが、本人のショックは大きかったようだ。

「そんな、悪臭だなんて……弟はそんなこと」

悪臭の花を届けられた貴族令嬢は失望などしなかった。しかし違和感を覚えた彼女は、旅行記まで取り寄せて徹底的に弟について調べ上げた。……いや、調べさせた。お嬢様に調査能力は無かったのだ。

そして彼女はある結論に至った。ヨンラム氏の香水が偽物と称されるもう一つの理由に。

「弟さんも知らないいんです。花の外見だけしか知らなかったんです」

「どうしてだい？　弟の鼻は正常だ。花の匂いは書いていなかったが、航海中の潮の香りは詳細に記していた」

「潮の香りしか知らないんですよ。弟さんは世界中を冒険なんてしてません。家を飛び出した後はずっと港町で働いていたんです」

弟は晩年に兄のもとに姿を見せ、旅行記を置いていった。だがそれは全て嘘だった。人から聞いた話を自分の目で見たように語ってみせただけだったのだ。当然、旅行記も作り話の偽物だ。

どうして嘘をついたのか。

真意は誰にも分からなかった。

でも実の兄は理解できるようだ。

「アイツは……弟は、子供の頃から見栄っ張りだったんだ。喧嘩で勝ったとか、宝石を拾ったとか、そんな嘘ばかりついていた。どうせ港町でも詐欺師みたいなことをしていたんだろう？」

「いいえ。商会に勤めて帳簿の管理をしていたようです。船の積荷は毎日膨大なので激務だったとか」

彼ら兄弟の生き様は似通っていた。

どちらも書類と戦い、弟は偽物の旅行記を、兄は偽物の香水を作った。

偽物の偽物は、本物よりもずっと心に残る香りだと、エレノーラは語る。興味が無くとも覚えてしまうほど彼女がよくする話だった。

猫耳おじさんの猫耳がポタリと地面に落ちた。

「僕は、弟のように自由に、猫のように過ごしたかったと思っていたが勘違いだったようだ。本当は……弟と一緒に世界中を冒険したかった」

その未練を解消するのは難しいかもしれない。猫になっちゃう方が簡単かも。

どうしても伝えたくて言ってしまったが、余計なことをしてしまった。

彼にかける言葉が思い浮かばず黙っていると、下の方から声が聞こえた。

「俺も勘違いしていた。漁師に魚をせびる猫のような生活がしたいと思っていたのは違うらしい」

え？　誰が言ってるの？

声の主が見当たらず、周囲を見渡すが三毛猫しか見当たらない。

まさか君、喋らないよね？　猫ちゃんをじっと見つめていると、猫ちゃんの猫耳も取れた。そしてまたたく間に大きくなり人間へと姿を変える。ヨンラムさんに似たおじさんだ。

「俺も兄さんと一緒に世界を旅したかった」

え、兄が猫耳おじさんで、弟が猫だったおじさん？　おじさんと猫ってそんなに親和性あったの？

猫が人間になったことに驚いているのは私だけだった。身近にいた猫が弟だったら驚きそうなものだが、兄弟は再会の言葉も交わさずに連れ立って歩きだす。

「薄明の国を冒険すればいいじゃないか。どんな秘境よりも珍しい」

「そうだな。俺が旅行記を書いて、それを見て兄さんが香水を作ればいい」

「本物を見てるんだから嘘の旅行記はいらないよ」

「俺のだって今度は嘘じゃない」

そっくりな兄弟は薄明かりの大地へと足を踏み入れる。

あれほど恐れていた日光に照らされながら、二人は砂になって消えてしまった。

「消えちゃった……どうして？」

「彼らの生前の未練が解消されたからだ。先ほど消えた画家の彼女と一緒だよ。満足してしまったんだ……朝はまだ来ていないのに」

薄明の国では日常茶飯事なのかもしれない。でも、画家の彼女と彼らは違う。満足したという勇者の言に、私は納得できなかった。

「でも！　まだ二人は世界旅行をしてないですよ！」

「彼らの望みは……兄弟揃って未知への一歩を踏み出すことだったのだろう」

そうか。生前の未練が二人同時に解消されたと思えば……喜ぶべきことなのかな？

会ったばかりだが印象深い彼らとの別れに少しの寂しさを憶(おぼ)えつつ、私は一番強く抱いた心中を吐露する。

「三毛猫が……おじさんだった」

「僕はずっと言っていただろう。三毛猫の方が弟だと」

猫耳だけ生やしたおじさんと、かわいいかわいい三毛猫が、まさか血の繋（つな）がった兄弟とは思わないじゃん。

元の姿に戻る前に三毛猫を触れなかったことを後悔していると、勇者が言う。

「さあ急ごう。今は夜明け前だ。僕たちの朝を取り戻そう」

「そう、ですね」

画家のお姉さんも猫の兄弟も、ここは夕方の世界だと認識していた。

薄明の国の現実を目の当たりにしても、生き返ることは諦めたくない。その手がかりを探すため集落を出るところだったんだ。

朝焼けの大地へ、私は一歩を踏み出した。

◆◆◆

赤い荒野。地平線から漏れ出る光の方向に向かい、私と勇者は歩いていた。

私が目覚めて集落まで来た道を逆戻りしている形だ。

猫耳おじさんが言っていたが、日に当たると良くないことが起こる……と神様から仰せつかっているらしい。理由が漠然としすぎだし、勇者も気にしていなかった。

「日に当たると良くないって本当なんですか？」

「現在、薄明の国に一番長くいるのは僕だ。僕は神の忠告を気にせずに集落の外に出歩いているが異変が起こる気配すらない」

「でも、出どころ不明の迷信じゃなくて、神様本人の口から言われているんですよね？」

「少年の見た目をしたあの神はどうにも信用できない」

へー、こっちの神様もレムン君みたいなタイプなんだ。

猫耳おじさんは人が良さそうだったから、腹黒神様の言う事をそのまま信じちゃったのも納得だ。

胡散臭い少年の見た目をした神ってのは実際に一人知っているので、簡単に受け入れることができた。

「私も似た感じの胡散臭いの知ってますよ」

「あの神は影の中を支配している。日光が危険だから陰にいろと指示するのは、住民を自分の目の届く範囲に留めておきたいからではないかと僕は考えている」

「……似た感じじゃなくて、本人を知ってるかもしれません」

あの黒いの、ここにもいるのか。本当にどこにでも湧いてくる。

レムンがいるなら生き返れるようお願いしてみようかと思ったが、一瞬で無理だと悟った。世界の法則を重視する彼は、生き返りなんて絶対に認めないだろう。

まさか私が本当にレムンと面識があるとは、勇者も思いもよらなかったようで「恐らく別人だ」と前置きしてから言った。

「これから行く場所も、神からは危険だと忠告されている。だからこそ生き返る手がかりになるのではと考えていた」

「なるほど。危険なのではなく、神にとっての不都合があるということですね」

「その通り、扉を開けることこそが生き返る唯一の道だ」

「扉？」

「いま向かっている場所を、僕は扉と呼んでいる。そろそろ見えてくるはずだ」

私が目覚めたポイントよりも、だいぶ東？　に歩いてきた。

小高い丘を越えた所で勇者は日のある方向を指差す。


扉だ。巨大な扉だ。

赤い荒野にポツンと、観音開きの扉がそびえ立っている。

建物は無い。何もない赤い砂漠に、灰色の扉だけが鎮座していた。

横側を簡単に通り抜けられそうで、扉としての意味を成しているようには見えない。裏側はどうなっているのだろうか。疑問を口に出さずとも勇者が説明してくれた。

「裏側には何も無い。何を区切るわけでもない、意味のない扉だが……」

「いかにも不思議なことが起こりそうですね」

「ああ、だが何も起こらなかった。扉を押してもびくとも動かない。力ではなく特殊な方法でないと開けられないのだと思う。だから君を連れてきた」

大丈夫、力押しが必要だとしても私以上の逸材はいないよ。

現世に繋がっていそうな扉に、私は我慢できずに走り出しそうになった。しかし、すかさず勇者に止められる。

「落ち着いて、あそこには番人がいる」

「余計怪しいですね。今まで扉を調べるときはどうしていたんですか？」

「彼が来てからはあまり扉に近づけていない。ここ一年程だけだ」

勇者曰く、番人が配置されたのは最近のことらしかった。

それまでは完全フリーで調べ放題だったらしいのに、急に番人が現れるとは扉はやはり現世に通じているのだろうか。

「神様が警戒して、番人を置くようになったんですね」

「いいや、彼と神は関係ない。番人は自分の意思で扉を守っている。誰にも指示されていない」

え、何で？　趣味？　ボランティア？

そもそも門番は人なのか。だとしたら彼はここしばらくの間に死んだ人物なわけで、扉を守る理由なんて一つもないはずだ。神と関係ないと断言できる理由もあるのだろうし……。

門番について色々知っていそうな勇者は、最低限の情報しか喋らなかった。

「彼とは個人的にちょっとね」

「薄明の国の王様も、色々大変そうですね」

「いや、彼との因縁は生前からだ」

ああ、そうか。生前に面識がある人と会う可能性も全然あるのか。

あれ？　でも番人が自発的に番人しはじめたのは最近で、勇者はだいぶ前に死んだ人で……時系列が合わないな。番人とやらが番人を始めたのが最近ってこと？

「僕が番人の気を引くから、君は扉に向かってほしい」

「上手くいきますか？　番人が扉の守護を優先したときは？」

「それはない。彼の恨みを買うようなことを君がしていたなら、話は変わってくるが……」

勇者さんは番人に恨まれてるんだ。

私はそれ以上追及しなかった。どうにも勇者は番人について言いたくないことがあるようだ。

私とは全く関係ない人だろうし、扉に集中しよう。

勇者が先行して番人を引き付け、その隙に私が迂回して扉に向かう、雑なフォーメーションはすぐに組めた。

巨大な扉と比べると小さく見える人影に、勇者は一人で向かっていく。門番の輪郭は見えるが、それ以外は逆光で確認できなかった。

私は門番よりも扉に集中しなければ。

砂丘の稜線に隠れながら、大回りで扉に向かう。勇者と門番は何か言い合っているようだ。

門番の注意が逸れているうちに扉に近づき……。

「……うそ」

声が出てしまった。

勇者と向き合う彼の、黒くて長い髪を見て、忘れもしない横顔を見て、勇者と対するに相応しい彼を見て……無反応でいられるはずがなかった。

　彼は死んだはずで……そうか、死んでるのか。

　私の声に反応して、彼が――魔王が振り返る。

「貴様……あれだけの大口を叩いておいて、早々に死んだのか」

　仇であるはずなのに魔王は私に憐憫の眼差しを向ける。

　そうか、死者の国ならば彼がいてもおかしくはない。門番は私と無関係だと考えていたが、蓋を開ければ正反対だった。殺し殺されの相手と再会することになるとは……。

　扉にアタックする作戦は瓦解した。何も言えず立ち尽くす私を見て、今度は勇者が口を開いた。

「二人に面識があるとは思わなかった。封印が解けた後かな？」

　勇者……そうだ、彼は勇者と呼ばれていると申告した。

　王様風の格好をした勇者で、バルシャイン王国を知っていて、門番から恨まれていて……。それだけでは謎の人物でしかなかった彼だが、門番が魔王と分かった今では解答が絞られる。

　数百年の長きにわたり薄明の国にいた勇者は、バルシャイン王国の初代国王に他ならない。


　建国時代の勇者と魔王。それと私。

　勇者は魔王を封印した後、老衰で亡くなった。

　魔王は封印から脱した後、私に殺された。

　その私も原因不明だが死んでしまった。

死亡時期が違う因縁の三人が、薄明の国で一堂に会する。

「勇者と魔王が揃（そろ）うなんて」

私の呟（つぶや）きに反応したのは魔王だった。

彼は不愉快そうに、勇者を顎（あご）で指して言う。

「勇者？　コイツが勇者だと？」

そうだった。勇者と魔王の逸話は偽りの後付けだ。

初代国王が力を持った魔王を恐れ、裏切り、封印し……悪（あ）しき魔王を勇者が倒したと喧伝（けんでん）したのが真相だ。

かつての魔王は王国を滅ぼそうとしていたが、今の彼には実現不可能だ。ならば私は彼の味方をしたかった。


未練のある人間が集う薄明の国、私の未練は魔王を救えなかったことなのかもしれない。

私は魔王の隣に並び立ち、勇者と相対する。

「今のお二人の事情は分かりませんが、私はあなたの味方をします」

伝説の勇者と、ラスボス・裏ボス連合。勝負の行方は未だ分からない。

四章　裏ボス（右）、黒い手帳を見つける

オーケー。もう一度だけ説明するね。

私の名前はユミエラ・右側・ドルクネス、この世界でたった一人の悪役令嬢！　だったんだけど……私は右と左、二つに分裂してしまったらしい。

最悪なことに私の左側は死んじゃって、薄明の国って所にいるみたい。

だから私は右半身しか動かせない。でも諦めない！　今まで何度も困難な状況に立ち向かってきた。

必ず左半身を取り戻してみせる。そのためにまずは……。

「……どうしようね」

「どうしようか」

無理にテンションを上げてみたものの、半分だけ死んじゃうという意味不明な事態に私とパトリックは深くため息をついた。

左側死亡が判明した後、レムンに色々と聞いてみたものの有用な情報は無かった。

薄明の国とやらには死なないと行けないってのも本当みたいだし、向こうから現世に戻ってくる

方法も無いらしい。
ユミエラ（左）を助けるため、薄明の国に行こうとユミエラ（右）が死んでしまっては本末転倒だし……。まあ、ユミエラ（左）はいいヤツだったよ。私（右）は私（左）の分まで生きるからさ！

「……どうしようね」

「どうしようか」

私たちは揃って、何度目かも分からないため息をつく。
もうこれダメでしょ。ただでさえ、いきなり出てきた後付け設定で意味不明なのに、唯一の手がかりがレムン君だけ。
彼は私の力が半減することを喜んでいるので、積極的な協力は望めない。聞いたことには答えてくれるのが唯一の救いだろうか。
私は改めて闇の神に質問をする。

「本当に生き返る方法は無いんですか？」

「僕は知らない」

「声だけ届いたり、手紙はやり取りできたりしません？」

「匂いがほんのり伝わってくることはあるらしいけど、声とか文字は無理だね」

なんで匂いだけＯＫなんだよ。匂いでモールス信号を作って、左側の私とやり取りするのは……無理だなぁ。

向こうの私は私なのだから、香りを用いた暗号なんて絶対に分かりっこない。

香りだけで意思疎通する方法を思案していると、パトリックが口を開いた。

「自力でやり取りせずとも、レムンが向こうのユミエラに伝言すればいいんじゃないか？　レムンは薄明の国に行けるんだろう？」

「分かったよ。お姉さんの左側に伝言をお届けすればいいんだね。手紙でもいいよ、僕が渡してくる！」

「こちらの説明と……いや待て、もの分かりが良すぎないか？　薄明の国に行くと言って、そのまま隠れて出て来ないつもりだろ」

レムンは黙った。図星を指されたらしい。

左側と直接やり取りする方法は無し、メッセンジャーも信用ならない、本当にどうしようもないね。

向こうからコンタクトがあれば良いのだが……。しかし、パトリックが「こちらの説明～」と言いかけたように、向こうの私は事態をどれくらい把握しているんだろう。

もし私が左半分になってしまったら、右側が消えちゃったと認識する。まさか右側だけ生きていて、自分だけが死んでしまったなんて考えもしないはずだ。そもそも自分が死んでいることに気がついているのだろうか。

私たちはレムンから薄明の国について説明を受けたが、向こうさんに便利な説明キャラはいない。

これからの行動方針に、もしかしたらちょっとだけ関わってくるかもしれないので聞いておこう。

「左側の私って、状況を理解できていると思います？　死んだことすら気づいてないかも」

「見てないから断言できないけど、それは無いんじゃないかな？　王様あたりから教えて貰ってるでしょ」

「死んだことは理解していると。……薄明の国って王様がいるんですね」

「勝手にまとめ役やってるだけだけどね」

まとめ役もそうだが、薄明の国にコミュニティがあったことに驚きだ。

もっとみんなが好き勝手やってる無法地帯を想像していた。その感想を素直に口にすると、レムンが自らの非道を語る。

「いやぁ、ボクが光に当たるのは良くないって言ったら、みんな信じちゃってさ。みんな山の陰にいるからボクは監視しやすくて助かってるよ。お姉さんの左側もその集落に行き着いてると思うよ」

「…………レムン君の教えを正直に守ってる人々に、申し訳ないと思わないんですか？」

「うーん、別に。王様はあまりボクのこと信じてないし」

うわぁ……分かってはいたけど、人の心なさすぎて引くわぁ。

真面目な人ほど教えを信じて、光に当たらないよう周りに広めてるんだろうな。

私は悪の神様レムンにドン引くだけだったが、パトリックは他に気になることがあったようだ。

「なぜレムンはまとめ役を王様と呼んでいるんだ？　今のところ王の要素は無いように感じるが……」

言われてみれば確かに。

王様というよりも自治会長みたいなイメージだ。そのまとめ役が自ら王様を名乗っているのか、自然と周りがそう呼ぶようになったのか、レムンが皮肉で王と呼称するだけなのか……。

答えはそのどれでも無かった。レムンはサラッと、無視できない衝撃の事実を告白する。

「ああ、ここの国の名前……なんだっけ？」

「バルシャイン王国ですか？」

「そう、それそれ。それの初代国王だから王様」

その人にとっては重大な物事も、他人からすれば大したことなかったりする。

当たり前ではあるが、ことレムンに関しては常軌を逸している。薄明の国に初代国王がいるとか、最初でなくとも三番目くらいに言うべきことでしょ。

「何で言わなかったんですか⁉」

「別に……ただの人だし」

「いやいや、王様ですよ？　特別な人なんですから言っといてくださいよ」

「みんな、誰かにとっての特別な人だよ？　人によっては王様よりも猫耳のおじさんのことを聞きたがる」

正論だった。猫耳おじさんの家族からすれば、バルシャイン建国の雄より猫耳おじさんのことを聞きたいだろう。……猫耳のおじさんってホントにいるの？

しかし、初代国王ねえ。魔王の真実を知っている身として、悪い印象が大きい人物だ。

「初代国王について、もう少し聞かせてください。あと他に重要人物がいれば教えてください」

「重要人物……猫耳おじさん？」

「その人はもういいです」

レムンから初代国王について色々と尋ねたところ、彼の特殊性が明るみに出た。

王様という生前のステータスを抜きにしても、中々に特別な人物だ。

薄明の国のまとめ役をしているのは、最古参の住民だから。生前の未練が残っていようと、数十年で消えてしまう世界に、彼は数百年も長居している。

そして彼はレムンの言いつけを守らず、日の当たる世界を散策し、生き返ることを目的にしているらしい。

私の左側が生き返る手段に、最も近づいているのは彼以外にありえない。

利害関係が一致して協力できる分、レムンより頼りになるかも。もっと知りたくなった王様について質問を重ねる。

「王様が蘇ろうとする動機はなんですか？」

「人間ってみんな死んだ後、現世に戻ろうとするじゃん」

「それはそうなんですけど……常人よりも頑張るからには、現世でやりたい大きな野望があるはずじゃないですか？」

「知らないよ。興味ないし」

あー、人の感情に無頓着なレムン君の悪いとこ出ました。

薄明の国にいるのだから、何かしらの未練があるのは確定で……。そりゃあ王様も後悔の一つや二つあるか。でも何百年も諦めずに生き返る方法を探すあたり、相当な野望とみた。

「パトリックはどう思う？　初代国王の目的は」

「分からない。人柄も分からないから想像のしようがない」

そうなんだよね。どういう人かもイマイチ分からない。歴史書やらに人柄も書いてあるが、脚色が入り事実とは異なるだろう。

国を作った偉い人が、死に際に思うことって何だろう……。

◆◆◆

あれから初代国王の人物像に迫るべく、レムンを質問攻めにし続けたが、ほぼ何も分からなかった。レムン君、もっと個人に興味持って。

完全に手詰まりだが、唯一の道標（みちしるべ）が初代の国王様というのは事実。

他に取れる手段も無いので、私たちは彼についてトコトン調べるため王都に向かった。

動かない左半身をパトリックに支えられたまま、馬車を半日走らせ王都まで。リュー君はお留守番。なぜかエレノーラはついて来た。

さっそく王城まで行った私たちは、すぐにロナルドさんと面会することができた。

人払いのされた一室に通されてすぐ、エレノーラがロナルド氏の呼び方で右往左往する。

「お兄さ……違いましたわ。学園ちょ……これも違いました。…………誰ですの？」

「隠さなくていいよ」

「お兄様！」

「はいはい、久しぶりだねエレノーラ」

ロナルドさんは、エレノーラの兄で元学園長で現国王の右腕で……複雑な人だ。彼は魔王封印の真実も知っているので、脚色抜きの初代国王を調べる上でとても頼れる。

挨拶(あいさつ)もそこそこに、私はいきなり本題を切り出した。

「私は今、初代国王陛下について調べています。王家所蔵の資料を見せていただけますか？」

「いいよ。案内するから好きに見ていって」

うわ、一往復で会話が完結した。

ストーリー展開は早い方が好きだけど、いくらなんでも限度がある。王家が大事に持ってるご先祖様の資料なんて、世間に見せられないもののオンパレードだろうに。

裏があるのではと考えて私が無言になると、すかさずロナルドさんは補足する。

「素直に受け取ってよ。その左足……手もか。それに関わるんだろう？　ただの興味本位とかだったら断るけれど、事情があるのだったら協力したい」

「ありがとうございます。このお礼は――」

「いいのいいの。体の調子が悪くて大変そうな人からお礼なんて受け取れないよ」

具体的なお礼の内容を決めようとしたところ、彼はにこやかに固辞した。

貸し一ってことね。いつかロナルド氏や国王陛下の都合の良いタイミングで相応のお返しをしなければならない。あーあ、大金吹っかけられた方がまだ良かったな。

しかし、私に頷く以外の選択肢は無かった。

「分かりました。このご恩はいつか」

「ちょっと困ったときに連絡するかも。都合のいいときで構わないから」

これくらいで門外不出の文献を漁れるなら安いもんか。

ロナルドさんも無茶なお願いはしてこないだろう。世界征服手伝ってと言ったところで、私が断るのは織り込み済みだろうし。私がやりたがらないけどギリギリ了承する絶妙なラインのお礼を要求してくるはずだ。そのうち。

酷いとは思わない。事情の説明も無しに、王家の秘密教えてくださいって言う私の方がよっぽど非常識だ。

体が半分だけ死んじゃって……なんて順を追って話したところで信じてもらえないだろう。

私は半ば説明を諦めていたが、エレノーラは違った。

「ユミエラさんの左側がハクメイの国に行ってしまいましたの！　闇の神様から、すごい昔の国王陛下が復活しようとしていると聞いて、ここに来たのですわ！」

ロナルドは笑顔でうんうんと妹の話に耳を傾けていた。

だいぶファンタジー要素が強烈な内容ではあったが、彼は目立ったリアクションをせず穏やかに言う。

「エレノーラは全部喋(しゃべ)っちゃうからね。最善は嘘(うそ)を信じ込ませることなんだ」

「嘘じゃありませんわよ！」

ロナルドさんは、妹が嘘つきではないと信じると同時に、妹が嘘を本気にすると理解していた。

でっち上げと思われるのがむしろ都合が良いので、憤慨するエレノーラはスルーする。

「いやあ、良かった良かった。この前の件じゃないかってヒヤヒヤしてたから」

「おさわがせしました」

この前の件というと、護国卿(きょう)に関するゴタゴタだろう。

御前会議で大騒ぎしたのがほんの一週間くらい前だから、私も王城来るの恥ずかしかったんだよね。


資料は王城の地下にあるらしい。

私はパトリックに支えられながら、不自由な左半身を引きずるようにして歩く。ぴょんぴょんすれば一人でも平気だけど、王城だから自重する。私は分別があるので真面目な場所で、突飛な言動は慎むのだ。レベル上げ卿は忘れて。


王城地下にある書庫まで来た。魔道具で照らされて明るいが、地下独特のひんやりした空気が漂っている。

ロナルドさんが「例の部屋へ」と言うと、管理人が奥の扉へ向かい首に掛けられた鍵を手にする。

彼はその鍵で扉を開けて、自分の持ち場に戻ってしまった。

あれ、ここまでなんだ。目当ての資料がどこにあるか聞こうと思っていたのに。

管理人の背中を目で追いかけていると、ロナルドさんが言った。

「彼は鍵を持っていても、中に入ることはできない決まりだ。建国にまつわる歴史はそれだけの機密になっている」

「え、見て大丈夫ですか？　消されません？」

「普通なら消されるくらいのことは、もう知ってるし……」

私たちは魔王の真実を知っているし、ヒルローズ元公爵が今も生きていることも知っている。

お前は知りすぎた、と消されても違和感ないくらい情報通になっちゃってる。

私を消す手段があったら実行されているのだろうかと考えつつ、秘密の部屋に侵入する。

「小さいですね」

本当に小さな部屋だ。六畳間の三面に本棚が並べられ、実質四畳半になってるくらい。機密情報の量なんてこんなもん？

綺麗な背表紙の本がいっぱいだ。全ての本が本当にキレイで、汚れもない、模様もない、文字もない……無地の背表紙が並ぶ光景は違和感がすごかった。

不思議な光景に圧巻されているとロナルドさんが口を開く。

「どうしてこうなってるか分かる？」

「……わざと見つけにくくして、侵入者が目当てに辿り着けないようにですか？　片っ端から本を開いて確認していくしかないです」

「そう思うよね。本棚に意識が集中して、本の中身を確認しようと焦って、まさか足下に仕掛けがあるなんて考えもしない」

足下？　立っている辺りの床を確認して……あれ？　石の床に穴が空いている？

ロナルドさんは鍵を取り出して、その穴に差し込み回した。しかし何も起こらない。

あれぇ？　ここの更に地下に隠し部屋があるんじゃないの？　するとパトリックがトントンと床を踏みしめて言う。

「音の響きが鈍い。この下に空間が？」

「そうだよね。仮にこの鍵穴を発見しても、秘密は地下にあると思って、頑張って床に穴を掘り出すかもね」

仮想の侵入者と同じ思考を辿った私たちを見て、ロナルドさんは笑う。

まず本棚に意識を向け、次に床に意識を向け……本命はどこだろうか。

次は上かなと天井を見上げた私を見て、いたずらっぽく笑った。

「床の鍵はここと連動している」

彼はそう言いながら、奥の本棚を両手で引く。……が、動かない。

本棚が引き戸の隠し扉になっていると思ったが、そう単純な仕掛けではないらしい。彼は本棚と格闘しながら隠し部屋の全容を説明した。

「この本棚の……ぐっ！　裏側に……ふんっ！　……ごめん、誰か手伝って」

ただの筋力不足だったみたい。

左半身が動かない私とそれを支えるパトリックはとっさに動けず、真っ先に前に躍り出たのはエレノーラだった。

童話の『おおきなかぶ』にて、お婆さんや犬をすっ飛ばし、お爺さんの次にネズミが登場したような頼りなさだ。

「わたくしにお任せですわ！」

「せーのの合図を出すから――」

「分かりましたわ。えいっ！」

「まってまって。そのせーのは説明のためのせーの」

「えいっ！」

「もういいや。ふんっ！」

非力兄妹は兄妹らしからぬチームワークの無さで本棚に挑む。

重い本棚は低い音と共に動き始めた。少しでも動き始めてしまえばあとは楽で、ヒルローズ兄妹は本棚の隠し扉を全開にする。

王国の秘密の部屋と対面だ。薄暗がりの中、真っ先に目を奪われたのは人魚のミイラだった。

人魚のミイラだ。上半身が猿のようで下半身が魚で、絶対に人魚だ。

錆(さ)びきった剣とか、古びた木簡とか、黄ばんだ紙束とか、他にも色々あるけれど人魚のミイラのインパクトが大きすぎて全く頭に入ってこない。

干物人魚が収められた大層なガラスのケースは、部屋の隅でホコリを被(かぶ)っていた。でもあの存在感。

衝撃！　やはり政府は未確認生物の存在を隠していた！

しかし、魔物がいるファンタジー世界だとＵＭＡのありがたみが薄れるというか……あまり不思議じゃないかも。人魚のミイラは大したことないと気付いた私はすぐ興味を失ったが、なぜかパトリックが過剰に反応する。

「何だアレは……？」

「海の方にいる魔物じゃないの？」

「魔物じゃない。魔物の死体は残らない」

その通り、魔物の死体はすぐ消える。

百パーセントが魔力で構成された疑似生物であるから、活動停止と同時に魔力に戻って蒸発するように消えてしまうのだ。残るのは魔石だけ。だから魔物の剥製(はくせい)や、魔物の爪で出来た武器なんて物は作れない。

じゃあ、あの人魚は魔物じゃなくて動物？　あの見た目しといて哺乳類(ほにゅうるい)とか魚類みたいな生物学で説明がつくタイプの生き物？

衝撃！　やはり政府は未確認生物の存在を隠していた！

本日二度目。たぶんＵＭＡだけじゃなくてＵＦＯとかも秘密にしてる。

大丈夫かな。私たち消されないかな。

とんでもないモノを見ちゃって、無事に帰れるだろうかとロナルドさんをチラリと確認すると、申し訳無さそうに彼は言った。

「ごめん。盛り上がってるとこ悪いけど、アレ作り物。猿と魚の骨をシロウトがくっつけただけだから」

じゃあなぜ地下室で大事そうに保管しているんだ⁉

私は騙されないぞ。陰謀を暴いてやる。

一人で息巻いていると、物怖じせず人魚ケースに近づいたパトリックが言う。

「猿の部分と魚のとで、骨の具合がだいぶ違う」

「え、ホント？」

「ほら、ここ」

ホントだぁ。違和感ありまくりの人魚の腰を観察すればするほど、出来の悪い作り物であるとよく分かる。

あーあ、つまらない世界だな。でも宇宙人はいるって私信じてるから。

どうしてこんな物が収蔵されているのか、尋ねる前にロナルドさんが教えてくれた。

「昔の偉い人が作ったやつらしくてね。公にもできないし、捨てるのも忍びないし」

誰だよ。暇を持て余した国の偉い人は。その人もたぶん捨てていいと思ってるよ。

どうせ子供の頃に作ったやつだろう。小学生の工作が何百年も実家の押入れにあるみたいな状況なんだろうな。

さて、ひときわ目を引く人魚のミイラであったが重要度はすこぶる低かった。

本来の目的に戻らねばと改めて隠し部屋を見回す。


禁書庫とも言えるその場所は、いざ入ってみて巨大な部屋だと分かった。

時代を感じる木簡や、丁寧に綴じられた書類の束、鎖でグルグル巻きにされた金属製の箱など……。歴史的に貴重だったり、表世界に出してはいけないものだったり、とんでもない所に来てしまったと私は再度思った。

「本当にこんな所見せていいんですか?」

「誰にも言わないだろうから大丈夫」

確かに私は知った秘密を他所でベラベラ喋ったりしないし口を滑らせもしない。それはパトリックも同様で、この場には口の固い人物しか――

「ほへー。古い物がたくさんですわー!」

大丈夫かな。一番連れてきちゃいけない人いるよ。

不安になり危険人物のお兄様にお伺いの視線を送る。

「大丈夫かな。一番連れてきちゃいけない人いるよ」

お兄様は妹に対して私と同じ感想を抱いていた。

そんな超危険人物は一人でどんどん部屋を探索し、その危険性を遺憾なく発揮していた。やめて、見ちゃいかんもの見て記憶処理されちゃうよ。ピカって光るペンみたいの見せられるよ。

エレノーラの興味を惹くものなんて無いはずだが、謎の積極性で彼女はあちらこちらを物色し始めた。

「どこかから素敵な香りがいたしますわ。これは……夕暮れの砂漠のよう」

誰に聞かせるでもなくそう呟きながら、エレノーラは鼻をすんすんさせる。

言われてみれば花を何かで包んだような香りがかすかに漂っている。夕暮れの砂漠要素はゼロだった。というかそれってどんな匂い？

ロナルドさんは鼻を動かすも首を捻っていた。パトリックはわかったようだ。

「二人も分かるんだ？　するの？　そんな香り」

「花の香りはします。砂漠らしさは……パトリック分かる？」

「いいや、香水のような香りとは分かるが正体までは分からない」

私とパトリックは、高レベルに伴う五感の強化によって香りを認識できた。それ無しで匂いに気づいたエレノーラがすごい。

微かな香りの発生源を探し、彼女は奥へ奥へと進んでいく。

「やっぱりこれは……でもこんな香りは………」

エレノーラが行き着いたのは部屋の一番奥だった。

物色しても良いのか心配していると、ロナルドさんが言う。

「建国にまつわる、つまりは初代国王に関する資料は丁度この辺りにまとめられている」

香水探知犬エレノーラは見事、目的の資料の在り処を突き止めた。偶然だろうけどファインプレー。そして彼女はついに、ニオイの元を探り当てる。

「この手帳ですわ！　これから香りがいたします」

エレノーラが高らかに掲げたのは黒い手帳だ。建国前後の骨董品のはずだが、あまり年季は感じない。

私は手帳について質問するが、ロナルドさんは口元に手を当てて訝しむだけだった。

「あの手帳は誰の物ですか？」

「目録に無い物が紛れ込むわけないし……侵入者が置いていった？　そんなわけないか。じゃああれは一体……」

え、正体不明な物を見つけちゃったの？

エレノーラが手に取れる場所にあった物が、今までは隠れて未発見だったとは考えにくいし……不思議だな。

中身を読めば色々分かるかもしれないが、エレノーラは匂いにしか興味がないようだ。手帳に鼻を近づけて、息をいっぱいに吸い込み幸せそうな顔をしている。

「あぁぁああ……素敵な香りですわぁ」

彼女がいい匂い好きなのは知っているが、ここまでメロメロになっているのも珍しい。

なんかヤベー成分入ってるんじゃないの？　犯罪の香りがする。

「これ何の香りですかね？」

「終わったと思ったら始まっていたみたいな不思議さがあって、夕暮れの砂漠のような寂しさがあって、好きに過ごせる嬉しさがあって……」

「はぁ」

「そして何より、これは本物の香りがいたします」

「そっすか」

「ついに……ついに本物を作れたのですわね」

エレノーラは感動のあまりポロポロと涙をこぼす。

あの、どこ原産の花が使われているとか、どこで採れる香料が入っているとか、そういう絞り込める情報が知りたかったんですけど……。

感性が高すぎて理解できないので、匂いの正体については諦めよう。

涙目のエレノーラから手帳を受け取り、さっそく中を拝見する。

そこには丸文字でこう書かれていた。

『やっぱアイツちょームカツク！　久しぶりに会った子は半分こになっててビックリ！！！』

やべーぞ。エレノーラの感想くらい意味わからん。

中身が分かれば手帳の正体をつかめるかもとロナルドさんに見せるが、困惑をさらに深めるだけだった。

「こんな物……あったら覚えていそうだけど」

謎が謎を呼ぶなあ。

パッと開いたページだから意味不明なだけかもしれない。パラパラと手帳をめくり、一ページ目を確認する。

『今日から日々の生活で思ったこと感じたことをメモしようと思う。素敵な今日を過ごせますよーに！』

日記というか覚え書きのようだ。

かわいらしい丸文字で、持ち主は女性だろう。

流し見しつつページをめくる。

『今日はお仕事が大変だった。つかれたよー　癒やしが欲しいワン』

『尊敬する上司と好きな人が仲良くしててモヤモヤ』

『好きな人に「変なところで乙女っぽい」って言われた！　これって好印象って……コト？』

『左遷された。ぜーったいに許さないぷぅ』

『秘められし能力に目覚めたかもしれない……。これで上司に仕返ししちゃうぞっ』

『気づいたら知らない所にいる。ここどこ？　さみしぃよぉ』

『やっぱアイツちょームカツク！　久しぶりに会った子は半分こになっててビックリ！！！』

あ、最新部分まで行っちゃった。

ざっと見た感じ、恋愛関係が八割で残りは上司の愚痴がほとんどだ。

どうでもいいことばかり書いてあるし、秘められし能力のあたりは妄想入ってる感じだし……本当にナニコレ？

五章　裏ボス（左）、魔王の真実を知る

　魔王と勇者と私。勇者は魔王を封印し、私は魔王を殺した。

　被害者になってばかりな魔王を中心として因縁の三人が薄明(はくめい)の国で出会ったのだ。

「今のお二人の事情は分かりませんが、私はあなたの味方をします」

　勇者伝説の裏を知っている私としては魔王の味方をしたい。

　現世で交渉が決裂したのは、彼がバルシャイン王国を滅ぼそうとしていたからだ。もう実現不可能な野望なのだから今は気にしなくていい。……いいのかな？　魔王も勇者と同じで生き返ろうとしてるかも？

　魔王の隣に並び立ちながら、私は横目で彼に問いかける。

「あなたの今の目的はなんですか？」

「アイツの生き返るなどという戯言(たわごと)を阻止すること」

「自身に蘇生(そせい)の意思は？」

「苦行しか無い世界に戻りたいなどとは思わん」

　お、世情が荒れてるときに流行(はや)るタイプの宗教みたいな考え方してるぞ。でも大丈夫かな？　薄

明の国は天国や極楽浄土とは言い難い。

魔王の心中はさておき生き返る意思が無いことには安心した。気兼ねなく魔王の味方ができる。

黒い鎧(よろい)の彼は、私を怪訝(けげん)そうに見た。

「我輩の側に立つつもりか？」

「勇者と一緒に生き返るつもりでしたけれど、あんな人は信用できませんから」

王様然とした風貌(ふうぼう)に騙(だま)されていたが、勇者はバルシャインの初代国王だったのだ。簡単に忠臣を裏切るような人は信用できない。行動を共にして現世への道を探すのも、彼を生き返らせてしまうのも到底許せなかった。

仲間ができても、魔王は私顔負けの無表情さを崩さずに敵を注視していた。

「そうだな。確かに王のような見た目のアレは信用できん」

「ちなみに何とお呼びすれば？　お名前の方が――」

「魔王で良い。アイツが勇者を名乗っているのだ。応えてやろうではないか」

死の間際、私は魔王の名前を聞いている。せっかくだし呼ぼうかと思ったが止められてしまった。

別に勇者に対抗しなくていいんだけどね。何なら勇者も名前で呼ぶけど？　一応は王国貴族なので初代国王の名前くらい知っている。あーでも長いんだよな。じゃあ勇者と魔王でいっか。

魔王は私の死因や左半分については一切触れず、ムスッとした態度で勇者を睨(にら)んでいる。そして視線はそのまま、黒い手帳を取り出してサラサラと何かを書き込んだ。

手元を見なくてちゃんと書けているのかな。あとは内容が気になりすぎて、そっと魔王ににじり寄り手帳を盗み見ようとする。しかし直前で手帳は閉じられてしまった。

書き物が終わっただけみたいで気づかれた様子は無い。

そして魔王は鼻を動かして言った。

「この香りは？」

「香り……？　あっ、もしかして香水ですか？」

「良いものを使っているな」

少ししか付けていないので、魔王に気が付かれたのに驚いた。

魔王は花とか香水とか興味ない、ユミエラタイプの人間に見えるので意外だ。私は猫耳おじさん
改めヨンラム氏に貰(もら)った香水を取り出し、魔王に渡してみる。

「ほう、これか……少し試しても？」

「どうぞどうぞ」

魔王は自らの黒い手帳に香水を吹き付け、香りを楽しむ。「よいな」と呟く彼は手帳を広げたま
まで目を瞑(つぶ)った。

今のうちに中の文章、覗(のぞ)いちゃお。

『やっぱアイツちょームカツク！　久しぶりに会った子は半分こになっててビックリ！！！』

………見なかったことにしよ。

香水瓶を返してもらいながら、自分の記憶処理を急ぐ。

今の状況に集中しなきゃ。魔王が味方にいるとはいえ相手は勇者。左半身だけでは苦戦するかも

しれない。

寝返る格好になった私を見て、勇者は困ったなと笑いながら言う。

「どうしてだい？　君は生き返りたかったはずだろう？」

「お二人の事情を知っているからです。裏切って、何百年も封印して……自覚はありますよね！」

聖人みたいに振る舞う彼の本性を私は知っている。王国を興した後、用済みとなった魔王を左遷し、悪評まで流し、最後は兵を挙げて封印したんだ。酷すぎる！

私が指を突きつけると勇者は、演技がかった悲しい表情をした。

「現世で彼と面識があったのなら知っているか。責任は僕にある、認めよう。しかし本意では――」

言い訳しようとする勇者の言葉を、魔王の怒声が遮った。

「黙れ！　お前の言い訳は聞きたくない」

「何度も言っただろう!?　君は一時的に都から離れた方が良かったんだ。戦乱時に出来上がった君への畏怖も、時間が解決してくれる」

それっぽい理由を勇者は述べるが、そんなのいくらでも後付けできる。言い逃れできないであろう、魔王を封印した理由を尋ねる。

「封印したのは何故ですか？」

「彼を起点に魔物が溢れ出した以上、国王として対処に当たらないわけにはいかない」

……あれ？　確かに。

行き違いの勘違いで魔王が勝手に魔王化して、仕方なく封印されちゃった。確証は無いが筋は通っているような？


あ、でもアレがあった。初代国王のお妃様は、かつて魔王と恋人だったと魔王城で聞いたぞ。それでも魔王は二人が幸せならと身を引いたんだ。本当に酷い！

「王妃様！　聖女と呼ばれたあの人です！　分かりますよね！」

私が再度、指を突きつけると勇者はキョトンとした顔で答えた。

「彼女がどうかしたのかい？」

「白々しい。略奪愛をするなら恨まれる覚悟もするべきです」

「僕が、誰を誰から略奪したというんだ」

「彼からです！　彼と王妃の恋仲を引き裂いたって知ってるんですからね」

これは言い逃れできまい。魔王も怒りのオーラを発している。

どう言い逃れするつもりだと勇者を睨んでいると、彼は首を捻りながら言った。

「いや、二人は交際すらしていないはずだが？」

えっ。

いやいや騙されちゃ駄目だ。魔王と聖女は交際していて、それを後から勇者が奪った。ちゃんと魔王から聞いている。

勇者のちゃぶ台返しに一番激怒したのは魔王だった。

「とぼけるな！　我輩たちは恋仲だった」

「君が彼女を好いていたのは知っていたが……ずっと気持ち悪がられていたじゃないか」

魔王は絶句する。

なんて酷いことを言うんだ。こうやって無いことを吹聴して周囲の人間関係を滅茶苦茶にするつもりだな、許せない。

憤った私は反論しようとするが、魔王に制された。

「いまさら問い詰めても仕方ない。ああ……この黒い髪と瞳(ひとみ)さえ無ければ」

「魔王さん……」

うぅ。どうしてこの世界は、黒い髪の人間に対して辛辣(しんらつ)なんだ。

やはり勇者も黒髪差別に染まりきっているんだ。唯一の理解者だった聖女の気持ちを勝手に代弁して、魔王から遠ざけたに決まっている。

魔王かわいそう。絶対に最後まで味方するぞ。

黒髪連合を眺める勇者は「違う違う」と首を振る。

「いや、黒い髪とか関係なく、行動が気持ち悪がられていた」

え？　行動？

「例えば、そうだな――」

勇者は昔の出来事を語る。

ある朝目覚めた聖女。カーテンを開けて朝日を浴びていると、窓から手が届きそうな木の枝に紙が結ばれていることに気がつく。なんだろうと確かめてみれば、差出人不明の恋文であった。受けるにしろ断るにしろ、返事ができずに困ってしまう。

翌朝、また木の枝に手紙が一通。

「――そして次の日も枝に手紙がくくられていた」

素敵な話じゃん。

ネタバレかもしれないけど、私は魔王に確認する。

「その手紙を書いたのは――」

「ああ、我輩だ。懐かしいな」

やっぱり。ロマンチックだなぁ。

勇者の昔話は続く。

「ロマンチックな手紙の渡し方ではあるが三日連続ともなると怖くなってくる。しばらく彼女は部屋のカーテンを閉めたままにしていた」

おや、雲行きが怪しくなってきたような？

「しばらくして。手紙の件をすっかり忘れた彼女は、癖でカーテンを全開にした。そこには紙がびっしりと隙間なく結ばれた木の枝が」

「ひっ」

思わず悲鳴が出てしまった。ほっこり恋バナかと思ったら本当にあった怖い話じゃん。

寝室の窓から見える景色が、神社のおみくじ結ぶ所みたいになっているのを想像すると……だいぶ気持ち悪い。

嘘だよね？　魔王さんはそんなキモいことしてないよね？　手紙が放置されているにもかかわらず毎朝毎朝、木登りして新鮮なラブレター配達してないよね？

彼はすかさず反論する。

「それのどこが気持ち悪い！」

やったのは事実なんだ……。

でも待て。私はキモいと思ったけど聖女本人がどう感じたかは分からないぞ。私の一縷の望みは、次の勇者の言葉で完全に打ち砕かれた。

「怖がった彼女は、泣きながら僕の部屋に来たよ」

あ、怖いことがあったときは、魔王の所じゃなくて勇者の所に行くんだ。

魔王かわいそー。完全に黙っちゃった彼に代わり、私が反論する。

「そんな、ちょっとした行き違いみたいなエピソード一つじゃ納得できません」

「他にもあるよ」

待ってまって、もう聞きたくない。

聞きたくないけど頑張ろう。魔王が何をしていようと、私だけは味方でいてあげよう。

「一日に何度も、彼が偶然を装って彼女にぶつかりそうになったり」

「うっ」

「彼女が自室に戻ったら、部屋の中が赤い薔薇で埋め尽くされていたり」

「キモっ」

思わず言っちゃった。

まずいと魔王を見ると、彼は「えっ?」と驚いて私の顔を見つめていた。

あっ、でもでもパトリックにサプライズでされた場面を想像したら全くキモくない。嬉（うれ）しい寄りの感情かも。よしっ、これで本心のフォローができるぞ。

「赤い薔薇、嬉しいですよ。好きな人からそんなプレゼントされたら嬉しいに決まってます！」

「そうであろうな……ではなぜ気持ち悪いと？」

「そ、それは……。最初についそう言ってしまったのは、あまり親しくない人から突然されるのを想像したからで……あっ」

あまり親しくない人から突然……だから魔王は気持ち悪がられたんだろうな。

魔王はそこまで気づいてないようなので取り繕うべく頭を回転させるが、その前に勇者が口を開いた。

「そうなんだ。大して親しくもないのに、突然手の込んだプレゼントをするから重くて気持ち悪いと思われるんだ」

魔王の無表情は崩れなかったが、若干目が潤んでいるのは気のせいじゃないはずだ。

そうかぁ、魔王は恋の邪魔をされてもいなければ、不当な理由で封印されたわけでもないのかぁ……。

私はそーっとそっと勇者の方に移動して、ゆっくりと回れ右した。

魔王に信じられないと目を向けられる。

「貴様も裏切るのか……？」

貴様〝も〟？　私がしたのはまごうことなき裏切りだけど、それ以外は要検討だよね。

「スト……」

「スト？」

ストーカーの味方なんてしたくないって言おうと思ったけど、もうこれ以上魔王の心をぶっ壊すのは嫌だな。もう利己的な理由で裏切った方が彼のためじゃない？

「えっと……あ、こっち側につけば生き返れそうなので」

「そんな王みたいで薄気味悪いやつの言う事を聞くな」

「僕のことをそう思っていたの？　ショックだな」

「そもそも誰だ貴様は！」

誰だ貴様はって……。恥ずかしい過去を暴露されたからって、その反論は無理筋だろう。

突拍子もない言いがかりをつけられた勇者はしかし、当然とばかりに頷く。

「そうだね」

「見た目も喋り方も、全く違うではないか！」

「でもこっちの方が王様らしいだろう？」

六章　裏ボス（右）、勇者の資料を調べる

王都バルシャイン、王城の地下。

今は亡き、私の左側がいる薄明（はくめい）の国には初代国王が居座っているらしい。左ユミエラ救出作戦にあたり、少しでも進展があればと王国の禁書庫に来ている次第だ。

黒い手帳の正体は、中身をあらためても終（つい）ぞ分からなかった。

そもそも存在の記録が無い物なので、筆者も年代も不明。紛れ込んだと考えるのが妥当だが、出どころも侵入経路も分からない。

内容を読んでも、若い女性が書いたであろうことしか類推できなかった。

私たちは首を捻（ひね）ることしかできない。エレノーラだけは熱心に読み込んでいた。

「すごい共感できますわ！　この方の恋愛は最後どうなったのかしら……」

筆者は片思いを拗（こじ）らせていたようなので、叶（かな）わぬ片思いのプロフェッショナルが共鳴するのも頷ける。

後日改めて目録を精査するということで、手帳はロナルドさんの預かりとなった。

謎な物を見つけたせいで回り道をしたが、本来の目的にやっと入れる。

初代国王は戦乱の時代にバルシャイン王国を作り上げ、世界に平和をもたらした名君……という
ことになっているが、実際の人柄などは分からない。そこら辺が書いてある資料が無いかと聞いて
みると、ロナルドさんは紙束を大事そうに取り出した。

「これなら初代陛下の人柄が分かると思う」

時代を経て黄色くなった紙を、手袋をしたパトリックが受け取る。

左半分が動かない私は、彼が捲(めく)った紙に目を通す。走り書きではあるものの読みやすい文字が流
れていたそれは……。

「……日記、ですか?」

「その通り。初代陛下の側近が記していた物で、初めて見たときは僕もショックだったな」

「そんなにギャップが?」

「うん、初代陛下はイメージよりもずっと……悪い人だった」

◆　◆　◆

○月×日

悪い悪いとは思っていたが、王の風体は本当に悪い。

方々へ吹っかけていた戦も一段落し、これで落ち着いて内政に取り組めると昨日は書き綴ったものであるが、一番の敵は身内にいるとはよく言ったものだ。

本日の昼過ぎ、武装した集団が騒ぎを起こしていると急報が入った。

賊であっても見逃せぬし、敵兵の残党である可能性も高い。その場所はちょうど残存部隊が潜んでいるやもしれぬと王が数名の手勢のみを率いて向かったばかりであった。

正規の戦いでは勝利したのに、偶発的な戦闘で王が命を落とすなどあってはならぬ。

副官殿に報告したところ彼はすぐさま先遣部隊を率いて飛び出してしまわれた。

敵部隊の規模によっては後詰の必要も出てくる。

部隊編成に駆け回っていると、副官殿に引っ張られた王が帰ってきた。

主君の無事を喜んだのも束の間。なんと、通報のあった集団というのは王の一派だという。

王は通報者が不届き者であると憤っていらしたが、間違った民を責める気は起きなかった。規律正しい副官殿の部隊に連れられた国王は、正規軍に連行される盗賊にしか見えなかったのだ。

無精髭に、動きやすさを重視した簡素な鎧、叩き切ることに特化したナタのような剣、怒鳴るような喋り方に、豪快なガハハという笑い声。

どれを取っても大国の主となった人物とは思えない。賊か傭兵か、良くとも蛮族の長であろう。

我らが王ながら何とも情けない。

無駄働きを労ったところ副官殿は、王が無事で良かったと表情をほんの少し綻ばせた。これほどまでに忠義者である副官殿が、冷酷で無慈悲だと嫌われていることに私は納得していない。

□月△日

悪い悪いとは思っていたが、王の頭は本当に悪い。


長らくの交渉がついに実り、いよいよ明日アッシュバトン公との直接対談が実現する。

バルシャイン王国のこれからは、明日の成果に大きく左右されることは誰の目にも明白だ……が、王は何も分かっていなかった。


破竹の勢いで領地を拡大したバルシャイン王国は、アッシュバトンに酷く警戒されている。無論、全ての土地が城塞に、全ての民が兵士に変わりうる彼の地に攻め入る心算は無い。

このままでは互いに睨み合ったまま不可侵を貫くことになる。それも一つの平和の形であるがしかし不安も大きい。

次代のアッシュバトン公が自らの領土に引きこもっている確証も無ければ、我らの中から打倒アッシュバトンの声が上がることも考えられる。

だからこそアッシュバトン公と繋がりを作ることは急務であった。

最低でも友好国として同盟を結びたい。理想を言えばバルシャイン王国の傘下に加わってほしい。国境沿いの防備を考えれば、こちらが頭を下げて税や物資の優遇措置を取ってでも、アッシュバトンが王国の一部となる利点は大きい。

……という内容を説明したが、上手く伝わらなかった。

「馬鹿だから分かんねえけどよぉ、いつもみてぇに攻めちまえばいいんじゃねえのか？」

とは我らが国王陛下の言である。かのアッシュバトン公をそこらの豪族と一緒にするあたり、本当に馬鹿だから分かっていないのだろう。

明日の準備で忙しいというのに工夫を凝らし、人形を使って一人二役の会話形式でも説明した。

「アッシュバトンって？　いつもみたいに攻め入ればいいじゃない」

「いいや。ダメな理由が四つあるから順番に説明するんだぜ」

「聞かせて聞かせて」

という調子で。懇切丁寧にゆっくりと解説したのだが、王に理解している様子は見られなかった。

明日が不安で仕方ない。

□月◇日

悪い悪いとは思っていたが、王の態度は本当に悪い。


いよいよ会談当日。昨日の不安は見事に的中した。

アッシュバトン公の居城は質素堅実を体現したような場所だった。住み心地など二の次で、いかに敵を退けるかのみ考えられた城だ。

侵入者への備えも万全だろう。会談が破算になれば我らの命は無いかもしれない。

そんな危険地帯に王本人が乗り込むことで、こちらの誠意を見せ信用を得る心積もりだ。


……しかし、王を連れてくるべきではなかった。王不在ではアッシュバトン公の心証が悪くなるであろうが、あの馬鹿はいない方がマシだ。

客人としてあくまで丁重に扱ってくださったアッシュバトン公に対し、王の態度はすこぶる悪かった。

アッシュバトン公へ終始疑いの眼差し(まなざ)しを向け「強いというのは虚偽ではないのか？」という趣旨の発言を繰り返したのだ。

私が昨日、散々アッシュバトン公の凄(すご)さを説明したせいで、王のプライドが傷ついてしまったらしい。そうなると私が原因かとも考えたが、説明無しでも王は無礼な態度を取っただろう。

ついには「実際に戦えば真実が明らかになるはずだ。やれるものならやってみろ」と、明らかな挑発を始める始末だった。

副官殿が抑え込んでいなければどうなっていたことか。

恐らく一騎打ちであれば王が勝つだろう。個人の武勇で王の右に立つ者がいるはずがない。

しかしアッシュバトン公にはレベル差を覆す凄みがあった。面白い若者だと呟いた公には、私はもちろん王と副官殿も及び腰になっていた。


副官殿が王を外へ連れ出した後、命を差し出すつもりで謝罪をしたが……こちらに敵意が無いことは伝わったのだろうか。

会談は明日に改めてとなったが今夜にでも我々は殺されるかもしれない。

その場合はこれが私の遺書になる。


何もかもが悪すぎる王であるが、本当の悪人ではない。

民が戦禍をこうむることに心を痛める良心はあるが、それ以上に喧嘩っ早いだけなのだ。

小競り合いで済むものを、ちょっとした挑発で頭に血が上り、全面戦争に持ち込んでしまう。

そんな王に付き従えて……いや、遺書かもしれないのだから本心を綴ろう。

もう少しまともな人物に仕えたかった。我らが王は色々と悪すぎる。

「悪いって……そっち？」

確かに初代国王はイメージよりも悪い人だった。でも……そういう意味？

私と顔を並べて側近の手記を読んでいたパトリックも流石に絶句している。

明らかにミスリードを誘ってきたロナルドさんは、これまた別な意味で悪そうな笑みを浮かべていた。

「どうだった？　悪い人だったでしょ？」

「わざと誤解を与える言い方をして、驚く様子を楽しむ性格の悪い人ではなかったですね」

「まあまあ」

貼り付けたようにニコニコ笑うロナルドさん。初代国王はどちらかと言えば彼みたいな悪さだと思っていた。

建国の立役者だった魔王を政治力で左遷したわけで……。側近の日記に登場した頭と風体と態度の悪い王様とイメージが合致しない。

自分勝手な暴君らしいと言えばそれまでだが、側近の日記からは独裁者ぶりはあまり伝わってこなかった。文句を言いつつも、この書き手は間違いなく国王を敬愛していた。

あとそうだ！　パトリックのご先祖様も出てきた。歴史から考えるに、この後の交渉は上手くいきアッシュバトン公は辺境伯になるのだろう。

「パトリックのとこって戦闘民族だよね」

「本筋から離れているぞ」

まるで「家のことだし昔のことだから自分には関係ないです」って顔でパトリックは言ってるけど、個人戦に限ればパトさんがアッシュバトン歴代最強説あるからね？


さて、少し本題から脱線している間にロナルドさんは別の資料を準備していた。

「初代国王と魔王の仲違い（なかたがい）について知りたいなら、これを読むのがいいだろう」

ロナルドさんが持って来たものは恐らく手紙であろう紙だった。差し出されるがまま内容を……。

「これ、どこの文字？」

「僕たちが普段使う文字と一緒だよ。これは王が弟に宛てた手紙だ。年代はバルシャイン王国が今の大きさになったくらい」

「昔の文字ってことですか？」

「多少の変化はあれど文字はそれほど変わっていないよ。さっきの日記も問題なく読めたでしょ？」

確かに年代としては先程の日記の数年後のはずだ。さっきの日記は問題なく読めたのに、初代国王直筆の手紙は全く読めない。

暗号ってこと？　……いや違う。ロナルドさんは私たちが使うのと同じ文字と言った。つまり暗号でも未知の言語でもなくて……。

「字が汚いだけですか？」

「……ほんの少し文字の書き方が独創的なだけだよ」

初代国王は悪筆でもあったらしい。これ受け取った弟さん読めたのかな？　……あ、初代国王の弟ってヒルローズ公爵家を作った人か。つまりロナルドとエレノーラ兄妹のご先祖だ。

改めて普段関わっている人たちが歴史ある名家の御仁なのだと認識する。私はね、ドルクネス家はね、建国当時はどっかの従士というだけで貴族ですらなかったはずだ。

初代の国王と公爵のやり取り、貴重な情報が眠っていそうではあるが読めなければ意味が無い。立ったままメモ帳を固定しないで書いたみたいなグチャグチャ文字なので、分かる部分から前後を類推していくしかない。

「この部分は分かりそうですね。呼ぶも……？」

「ああ、ここは呼び戻すって書いてあるところだよ」

「呼び？　呼ぶって読めませんか？　び、はいくら崩してもこうはなりませんよ」

「正解！　正確には、呼ぶ戻すって書いてある」

もしかして、字が汚いだけじゃなくて文章も滅茶苦茶なの？　この紙、破り捨てていい？

ようやっと肝心の内容まで話題が進む。ロナルドさん曰（いわ）く、今までも解読を試みて成功した王族や王国の頭脳は存在したらしい。しかし内容が内容なので、誰でも読める翻訳版は誰も作らなかったらしい。

　原文があるのに口伝で継承されてきた翻訳版を、私たちはロナルドさんの口から聞かされる。

　バルシャイン王国成立時に魔王は、裏切り者の粛清を担当していた。

　荒っぽく豪快で人情のあるトップと、冷酷で恐れられるナンバー2。勇者と魔王の二人は建国時においては組織のツートップとして上手く機能していた。

「初代国王様も怖がられてそうですけれど」

　私が挟んだ疑問はパトリックがすぐに答えてくれた。

「無表情で粛々と仕事をこなす魔王の方が周囲に恐れられたはずだ」

「そういうこと。じゃあ続けるよ？」

　ロナルドさんの古文書解説は続く。

　鬼の副長ポジションで活躍していた魔王だったが、王国が今の大きさになった頃から事情が変わってくる。平和な時代に彼はそぐわなかったのだ。

　王国の人々は魔王を必要以上に怖がった。そして、自らの状況を自覚し気に病んでしまう人間の繊細な心を魔王は持っていた。

　戦時であれば風紀の引き締めになるからと納得できたが、平和な時代にこの仕打ちは酷い。味方のために敵を倒したのに、なぜかその味方に嫌われる。

「当時の魔王が辛（つら）い状況だったのは分かりました。でもこれは、初代の陛下が公爵に送った手紙ですよね？　魔王にどう繋がるんですか？」

「ここまでは前提。魔王がこんな状況と踏まえた上で、初代陛下が何を考えてどう対策したのかが書いてある」


説明は続く。

魔王の状況を憂慮した初代国王は解決策を思いつく。一度、魔王には姿を消してもらうことだ。王都から離れて僻地(へきち)の古城に移動してもらい、魔王の悪評が風化するのを待つのだ。

肉体的にも精神的にも疲弊している彼もゆっくりと休息できるだろう。そもそも人付き合いの苦手な魔王であれば僻地も苦にならないはず。

いつかは魔王に王都まで戻ってきてもらい、重要な仕事を任せたい。

「——だいたい、こんな内容が書いてある。文章と言葉選びはもう少し乱暴だけどね」

ロナルドさんはそう言って手紙の解説を締めた。

初代国王にはそういう意図があったのか。私は魔王本人から、用済みで邪魔になったから左遷されたと聞いていた。もしかして魔王が勘違いしていただけ？

……そうだ。聖女！　魔王は初代国王への恨み言として、好きな女性を取られたと言っていた。

さっきの話はまるで良好な関係がすれ違ってしまっただけのように聞こえるが、恋愛関連のいざこざもあったはずなのだ。

「その手紙の内容、全て本当ですか？」

「当時に捏造されたものであれば見破る方法は無いし、主観の入った文章だから全て真実とは言い切れない」

ロナルドさんはあっさりと手紙の不確実性を認めた。

意外に思っていると彼は続けて言う。

「僕は別に、初代陛下を庇いたいなんて思ってないよ」

「聞きに来たのは私たちの方ですしね」

「この手紙は完璧な真実ではないだろうけれど、確度は高めだと思う。だからこそ君たちに見せたんだ。僕の選択をちょっとだけ信用してよ」

初代国王が魔王を本気で呼び戻す気だったかは本人の心を読まない限り分からない。しかし信用して、ゆくゆくは公爵家を興させる弟に呼び戻すつもりがあると明言していた。それだけで日記や、何なら歴史書よりも信用できるのかもしれない。

何が本当で何が嘘か。私が魔王から聞いた話も彼の主観が入っているのは間違いない。勇者と魔王、当人同士で確認し合えば真実に辿り着けそうだが、そんな機会は一生ありえないのだ。


でもやっぱり、あの話は興味あるな。

「初代陛下と魔王が恋敵だった情報ってありますか？」

「さあ？　どうなんだろう？」

「無いんですか？」

「仮に、色恋沙汰について昔の人の証言があったとして信用できる？」

ロナルドさんは資料を探す素振りも見せずに言った。

確かに信用できない。本人が言っていても、第三者だとしてもだ。

誰と誰が付き合ってる。この人はあの人のことが好き。……こういうのって結構間違っていることが多い。

恋敵云々はもういいです、と私は首を横に振る。するとロナルドさんは準備していた資料を出した。

「最後にこれかな？　初代陛下の晩年の頃に書かれたものだ」

差し出されたのはしっかりとした装丁が成された本だった。中も見せてもらうが、紙が綺麗すぎる。恐らくこれは原本ではなく写しだろう。

斜め読みした感じ、人に伝えることを前提に書かれたものだ。

個人的な愚痴交じりの日記、個人から個人への手紙……先の二つとはまた異質な資料だった。

その本を見て、今まで書庫内をつまらなそうにウロウロしていたエレノーラが口を開く。

「その本、わたくし見たことありますわ！」

勘違いじゃないかな。エレノーラがここに来たのは初めてだし、ここの資料をロナルドさんが外に持ち出す、ましてや妹の目につく場所に置いておくとも思えない。

ロナルドさんが「気のせい」と言って終了だと思われたエレノーラの発言、彼は意外にも首を縦に振った。

「あってもおかしくはないね。この本は少し前までヒルローズ公爵家の所有物だった。公爵家で代々受け継がれてきたものを、ここに移動させたからね」

「見たことあるはずですわ！」

「どこの部屋で見たの？　保管してる部屋は父から入らないよう言われていたはずだけど」

「…………初めて見た本な気がしますわ」

エレノーラが立ち入り禁止部屋を探検していたことはともかく、この本は公爵家ゆかりの物らしい。現在ヒルローズ公爵家はお取り潰しになっているので保管場所を移したのだろう。


以下要約。

公爵家は当初、王家を補佐するために作られた。兄が国王で弟は公爵、信頼できる間柄で国を維持しようとするのはよくある話だ。

しかし、今でこそ安定しているバルシャイン王国であるが建国当時はガタガタだったらしい。実質的な統治はほぼ完了し、正式な建国式典を開く直前、怒り恨みに飲まれた魔王が魔物を操りバルシャイン王国に攻め入った。戦いに関してだけ超一流の才能を発揮する初代国王は、難なく魔物の群れを制圧し魔王も封印した。

魔王を封印した勇者が治める国。利用しない訳にはいかない最高の建国神話を手に入れたバルシャイン王国だが、当時はいつ瓦解してもおかしくない状況だった。

ろう。

「初代陛下が戦うだけしかできない人だからですか？」

「そう考えるのが自然だよね。でもこれの著者はそうは思わなかった」

そう言えば、端的な状況説明から入ったから気にならなかったけど、これ書いたのって誰なんだ

さらに読み進める。

この著者は、王国の不安定さの原因は魔王が欠けたことだと分析したようだ。

昔に比べて国王は有力貴族から不満を持たれることが増えた。戦時だから我慢していた欲求が平和になって爆発したのではと、初めは考えていたがどうやら違うようだ。

上手く回っていた頃は、厳格で冗談の通じない魔王が有力者たちの不満を一手に引き受け、国王は雑ではあるが仲裁案を考え両者に無理やり認めさせる。

国のナンバー2が恐怖を用いて裏から王を補佐する。魔王が意識していたかは不明だが、実際にそれはよく機能していた。

しかし、この著者は恐怖を使いこなすことができない。だから不満の標的ではなく、不満の受け入れ先になることを決断した。王家とあえて敵対し、反乱分子を一箇所に集め、適度にガス抜きをする。そして最後には、溜まりに溜まった醜い欲望を自分もろとも排除する。

「これを書いたのって……」

「想像の通りだよ」

どこかで聞いた話だと思った。これは初代のヒルローズ公爵が、公爵家の役目を書いたものだ。公爵家はこの本を保管し写本し確実に継承して、代々の当主たちはその役割を十全に務めた。

その務めが脈々と受け継がれた結果、エレノーラパパが公爵家の最後の役割を完遂し、ついにヒルローズ公爵家は消滅したのだ。

改めてヒルローズ公爵家の凄さを実感していると、もしかしたら当主になっていたかもしれない当人であるロナルドさんがあっけらかんと言い放つ。

「まあ、公爵家についてはどうでも良くてね」

「どうでも良くはないでしょう」

「今の本筋は初代陛下だよね？　いいのいいの、父も死なずに済んだし」

そうだけどさぁ……。

理解しているのかよく分からない表情でぽーっと聞いてるエレノーラちゃんにも不満を抱きつつ、私たちは本題である勇者が関わる箇所まで読み進める。

再度、要約。

魔王を失ったことを国王はそうとう気に病んでいたらしい。国の運営に都合の良い嫌われ役を図らずも押し付けてしまったこと。

そして最後の戦いと封印という結末だ。魔王を嫌う人間が手紙を差し止めたせいで、彼らはずっと行き違ったまま戦うことになった。

国王の晩年。ヒルローズ公爵が自ら課した役目を聞いたとき、国王の後悔はさらに加速したらしい。

自分は国王の器ではなかった。国を治める能力が無い。だから周りに苦労をかける。

もしも自分に国王としての能力があれば、魔王が恐れられて孤独になることもなかった。友であった彼が魔王と呼ばれる存在に成り果てたのは、自分に王の資質が無かったからだ。

ついには弟が自ら、魔王と同じ道を辿ろうとしている。

全ては国王である自分の能力不足。完璧な王様らしい王様になれれば、きっと誰も犠牲にすることなくバルシャイン王国を導くことができただろう。

建国を最初からやり直したい。やり直しは出来ずとも、無かったことにしたい。

そんな後悔を国王は、病に臥しながらうわ言のように呟いていたらしい。

『そんな兄だからこそ私はヒルローズ公爵家の役割を定めた。これを読んでいる私の子孫に願う。無理にこの役割を遂行する必要はないが、その時代の王家を支えたいと思ったのなら、どうか私の意志を継いで欲しい』

本は最後にそう締めくくられた。

初代ヒルローズ公爵の覚悟もすごいが、何より初代国王の後悔に衝撃を受けた。

初代国王はイメージよりも頭や素行が悪い蛮族だった。その蛮族は魔王と決裂したくなかったのに勇者になった。その勇者は建国の犠牲になった人々を想い後悔しながら死んでしまった。

初代国王のイメージはこの僅かな時間で何度も変化した。

唯一共通して言えるのは、どの王様も王様らしくないということだけだった。

七章　裏ボス（左）、勇者と戦う

「でもこっちの方が王様らしいだろう?」

見た目すらも変わったと指摘された勇者は、一切の否定をせずにそう言ってのけた。

状況が飲み込めず私が黙っている中、魔王は怒声を上げる。

「お前はそんな人間ではなかっただろう?　小綺麗な格好も、穏やかな口調も、全くお前らしくない」

「僕らしさなんてどうでもいい。もっと王様らしくしろって君も言っていたじゃないか」

彼らの話を聞いて理解してきた。

勇者がバルシャイン初代国王であることに間違いはない。だが姿形や喋り方など、表層的な部分が激変しているのだ。


ここは薄明の国、生前の未練が影響して人間が変化する世界。長らくここにいた勇者は生前とはまるで違う見た目になってしまったようだ。

勇者に初めて会ったときから感じていた。どこか上品で自信があり優しげで……いや、そんな言葉を並べる必要はない。彼はたった一言、「王様」と言い表せる。

全てが王様らしい彼は、王様らしい見た目で、王様らしい所作で、王様らしい口調で、王様らしい声色で……どこまでも王様らしく言った。

「僕がこんな人間であれば、もっと上手くいったと思うんだ」

「何を言う⁉　我輩が付いて行こうと覚悟したのは粗暴な貴様だ。僕⁉　気持ち悪い一人称を使うな」

「一人称について君から言われたくはない」

「我輩のどこがおかしい！　……変じゃないよな？」

一度は憤った魔王だったがすぐに不安になって私の方を見た。想い人が脈なしと分かって自信無くなってんじゃん。

我輩。古めかしくて現代基準じゃ馴染みのない一人称だけど、魔王様って昔の人だし。

「全く変じゃありません。時代が違うんですから」

私のフォローに対して、すかさず勇者の補足が入る。

「僕たちの時代も我輩なんて使う人いなかったよ」

「じゃあ変です！」

認めるしかないでしょ。これを言い出したのが勇者なら「一人称は個人の自由だから……」とフォローできたが、最初に難癖を付けたのは魔王の方だ。

「わ……我の一人称は関係ない。別問題として今のコイツは見ていられない」

我って使う人もいないぞワレ。

魔王の一人称はともかくとして、薄明の国で変容する前の勇者が気になる。たぶん、ここまで王様然とした人ではなかったんだろうけど……。

「本来はどんな方だったんですか？」

「粗雑で乱暴な男だ。戦の能があるだけで、国を治める器ではない」

そんなに酷かったの？

結構辛辣な魔王の言であったが、勇者は「そうだったね」と笑うばかりだった。どうやら真実らしい。今の勇者しか知らないから全く想像できなかった。

「警備をすれば民に賊と思われた」

「ああ、賊はどこだと君が駆けつけてきたんだった」

「同盟の場で礼儀を弁えず、不要な戦いになりかけたこともあった」

「アッシュバトンの御老公は怖かった」

「戦費の調達だと言いながら、猿と魚の骨を組み合わせて売ろうともした」

「人魚のミイラだ。止められなかったらきっと売れていたさ」

ええ……そんなに酷かったの？　魔王もだったけど、勇者サイドもだいぶ酷いエピソードが盛りだくさんだった。

そこら辺の野盗と変わらない風体だったようだし、未遂だけど詐欺もやってる。初代国王の勇気を称える逸話は数多く残っているが、彼の正体が分かると全てヤンキーの武勇伝に聞こえてくる。

「そんな男でも、我輩が最も唾棄する種類の人間だとしても……それでも王になって欲しかった」

「ありがとう。国を夢見て君と一緒に駆けた日々は素晴らしかった」

「礼を言うな！　前半に悪口を言われた時点で喧嘩を吹っ掛けるのが貴様だろう⁉　我輩が付いて行こうと決めたのは粗暴で、しかし義理堅い貴様なのだ」

若い頃の勇者は蛮族みたいだったが、そこが好かれていたらしい。その荒っぽい勢いのまま王国を作った。

そして彼は何を後悔して今の姿になったのか。想像はつく。もっと王様らしくなりたかったのだろう。じゃあ彼は生き返って、もう一度王様をやるつもりかな？

私も気になった核心への質問は、すぐさま魔王から放たれた。

「そんな姿になってまで何を望む。生き返って何を為す」

王国の繁栄……みたいな望みが聞けるはずだ。

誰よりも王様らしくなった王様は、きっと王様らしい望みを抱いているに違いない。

彼はやはり、王様らしく堂々と望みを口にする。


「僕の望みはバルシャイン王国の滅亡だ」


バルシャイン王国の初代国王は、王国の滅亡を切望していた。

完璧な国王として振る舞う彼は、王とは反対の希望を胸に、生き返ろうとしていたのだ。

「どうして……？」

「バルシャイン王国は数多くの犠牲の上に成り立っている間違った国だ。そんな国、初めから無ければ良かったんだ」

魔王と仲違い（なかたが）したのを後悔するのは分かるけど、いくらなんでも王国を滅ぼしちゃうのはちょっと……。

犠牲者本人が否定すれば済む話じゃないの？　私がチラリと魔王を見た後も、勇者の言葉は続いた。

「彼だけじゃない。あえて対立構造を作った方が安定するからと、弟はヒルローズ公爵家を興した。最期は破滅と分かりながら、子孫は悪役に徹しているだろう」

「それは……」

「どうだい？　知らなかっただろう？　王国にはそんな話が沢山あるのさ」

いいえ、知ってるんです。弟さんの子孫、ウチにいるんです。破滅した後なんです。

私も深く関わった公爵の反乱騒動について説明しよう。私は説明するため勇者を見て……息を飲んでしまった。

勇者の瞳（ひとみ）に飲み込まれそうになり、出かかった言葉が止まってしまう。こんなに人間味のない目をしていたなんてどうして今まで気づかなかったんだろう。

「僕の死の間際の後悔は決して揺るがない」

決して揺るがぬ、光の無い瞳で、勇者はそう言い切った。

私は何度目かも分からない裏切りを決行する。

言わなくても伝わるだろう。魔王の方へと移動して勇者と向き合った。

先程よりはマシになったが未だに勇者の瞳は怖い。人間らしからぬ視線で、人好きのする笑みを浮かべ、私を懐柔しようとする。

「何も国を焦土に変えるわけではない。バルシャインの王族による体制を崩すだけだ」

「王国に忠誠心なんて欠片もありませんけれど……生き返ることについて考える切っ掛けになりました」

老いて後悔した勇者の、死後の成れの果てを目にして分かった。

私は流されるまま現世に戻ってはいけない。

「君が優先するべきなのは生き返ることだろう？」

「もう生き返らなくていいです」

もし生き返っても何十年後か私が老いて再び死んだとき、後悔はいくらでもあるだろう。

ここで蘇りを肯定してしまえば、その時も私は生き返る道を選ぶはずだ。満足して死ぬという条件を達成するまで、何度も何度も生き返り続ける擬似的な不老不死を手に入れてしまう。

それは駄目だ。理路整然とした理由は言えないが、そんなことあってはならない。

「生き返らなくていいです。私もあなたも死を受け入れるべきと思います」

「君は味方になってくれると思ったのだがね」

勇者は腰に佩いた剣をゆっくりと抜く。

装飾だらけの柄と鞘を見て実用性は低い剣だと思っていたが、その刃は冷たく鋭い輝きを溜め込んでいた。

「では行かせて貰う！」

勇者は剣を重そうに振り回しながら構えに入る。

あまり強くなさそうだと眺めていると、魔王が慌てて言う。

「気をつけろ！　来るぞ！」

大丈夫だって。魔王さんは私の強さ分かってるでしょ。

今は左半分だけどさ、あのときより強くなってるから。

勇者はまだ構えの最中だ。距離も離れているし、警戒の必要性は――

「っ」

たった今、勇者は私の目の前にいる。

予想よりずっと速く接近されて、剣が私の首元に迫っていた。

音速の剣撃を認識は出来たが体の反応が間に合わない。日常生活は違和感なくても、左半分の悪影響もあったのだろう。

私は勇者渾身の横薙ぎを受けた。

「見えているのか。やはり強い」

当たってしまったが、私は自分から飛ぶことで威力を殺すことに成功した。

飛びながら、勇者の呟き（つぶや）は遠くに消えていった。

左足で何とか着地して、そのままジャンプして魔王の隣まで戻る。

「アイツの剣をまともに食らって無傷とは」

「首くっついてます？　斬られてません？」

「縦に一刀両断されたような見た目ではある」

ほんなら大丈夫か。半分こなのは最初からだ。

攻撃は効かなかったけれど、避けられなかったのは事実だ。速すぎる。

「ちょっと強すぎません⁉」

「アイツは国を建てた男だぞ。あれくらいの強さ、あって当然だ」

魔王と同じくらいだと思ってた勇者が強すぎる。

だって魔王を倒せないから封印して……あ、そっか。魔王を殺したくないから封印したんだった。


しかしまあ、普通に勝てる程度ではある。向こうの攻撃もあまり効かないし、身構えていれば速さにも対応できるだろう。

余裕の雰囲気を察知した魔王は悠長にも例の手帳を広げながら言う。

「その様子であれば問題なさそうだな……む？」

ちょっと、日記書いてる場合じゃないでしょ。

文句を言う前に、彼は手帳を私に向かって突き出してきた。

「伝言だ」

「私に？」

手帳を覗(のぞ)き込むと、見慣れた筆跡で文字がががががががががが

八章　裏ボス（右）、迎撃する

初代国王が違う意味で悪すぎる人だと分かった。

彼が抱え続けた後悔も分かった。

薄明（はくめい）の国でも王様をやっている彼の人となりが分かったところで、左ユミエラ救出作戦には何ら影響はない。勇者が生前に抱いた未練は何となく想像できたが、だからと言って出来ることはない。

完全に八方塞（はっぽうふさ）がりだ。どうしたものかと悩みながら、私たち三人は王城から馬車に乗り込んだ。


これからひとまず王都のドルクネス邸に向かう。徒歩大好きな私も、体の左半分が動かないとなっては流石（さすが）に歩くのが億劫（おっくう）だった。

柔らかな甘さが香る馬車の中、私とパトリックは意気消沈のまま会話する。

「手詰まりだよね……どうしよっか」

「成果は得られなかったが、ダメ元だったからあまり落ち込んでもしょうがない」

「せめて薄明の国とやり取りする手段があればいいんだけどね」

「一番の不確定要素はユミエラの左側だからな。あちらからキッカケを作ってくれればいいんだが」

待つしか無いのかぁ。私とパトリックは同時にため息をついた。

車内を静寂が支配する。私は日常会話をする気が起きなかったし、パトリックも同じだろう。エレノーラは……あれ？　なんでエレノーラちゃんが静かなの？

安定してテンションの高い彼女がずっと会話に参加しないのは不自然だ。

目を向けると彼女は何かを必死に読んでいる。エレノーラが熱心にそれのページをめくるたびに香りがふわりと漂っていた。

本なんて持ち込んでたっけ？　それに彼女が本を読むこと自体めずらしい。

「エレノーラ様、それ何ですか？」

顔を上げた彼女はニッコリと罪のない笑みを浮かべ、黒い手帳を見せびらかした。

「気になるから持ってきちゃいましたわ！」

ああ、屈託の無い笑顔が眩しい。全人類がこの無垢な顔をしていれば、世界から犯罪が無くなると確信できるほどだった。

でもいやしかし、エレノーラちゃん王国の機密文書らしきものを勝手に持ち出しちゃってます。ワルワルです。

「駄目ですよ！　なんで持ってきちゃったんですか⁉」

「香りも素敵ですし、中の文章も素晴らしくて……我慢できませんでしたわ」

「我慢できなかったって……」

「ごめんなさい。つい、出来心で」

本当に逮捕された人みたいなこと言ってるじゃん。禁書庫に入れちゃいけないと思われた人は、ガチで禁書庫に入れちゃダメな人だった。

やべー、多分ロナルドさんはもう気がついてるよね。妹さんのやったことだから大目に見てくれないかな。

「ほら、こっちに渡してください。すぐに返しに行きますよ」

「もうちょっと！　もうちょっとだけですから！」

ゴネるエレノーラから手帳を奪おうと右手だけで頑張っていたところ、それは落ちてしまった。

落下の衝撃でパラパラと広がり、最終ページが開かれる。

訳の分からない文章と、嫌でも再度の対面だ。

『やっぱアイツちょームカツク！　久しぶりに会った子は半分こになっててビックリ！！！』

『アイツが勇者って呼ばれてるの嫌だなあ』

『ユミユミは騙（だま）されてるからアイツの本性を教えてあげなくちゃ！』

『バルシャイン王国の滅亡なんて、させないぞ！　薄明の国から出してやるもんか』

え？　薄明の国？　今まさに欲しているワードが目に入った。

幻覚でも見てるのかと思い、パトリックに確認する。彼も信じられないと手帳を凝視していた。

「パトリック、これ……」

「さっきと内容が変わっている。ビックリ、が最後の文だったはずだ」

「だよね、それに薄明の国って」

いつの間に文章が増えたんだろうか。そしてなぜ筆者は薄明の国を知っているのか。

手帳に文字を書き加えられた人物……エレノーラを問いただす。

「エレノーラ様、この手帳に書き込みはしましたか？」

「書いてませんわ。このかわいらしい文字は、これの持ち主さんですもの」

エレノーラは嘘をつかない。もし彼女が加筆していたとしたら、持ち出しと同じように悪びれず真実を述べるはずだ。

それに彼女の主張通り、この特徴的な丸文字は元々あった文字と同一であった。勝手に文字が浮かび上がったとしか考えられない。

信じがたい仮説を肯定するように、手帳に新たな文章が浮かび上がった。

『ユミユミが味方になってくれた！　うれしい！』

マジか……。ふと思いついて手帳に文章を書き込んでみる。

『そちらにユミエラ・ドルクネスはいますか？』

『え⁉　手帳さんが喋ってるの？　ユミユミは隣にいるよ～』

すごいフレンドリーな女の子だな。

よし。それなら……。

『彼女に伝えてください。左側は右側に負ける雑魚』

次の瞬間、世界が震えた。

音も揺れも感じられなかったのに、確かに世界は震えたのだ。

原因も理由も説明できないけれど世界が終わりそうだと右半身の肌が感じている。今朝起きてから一番左半身の感覚が無いことを実感できた。

私の勘違いなどではない。パトリックもエレノーラも息を飲み込んだ。

馬が嘶(いなな)く。暴れる馬と慌てる御者の物音を、息を止めたまま聞いていた。


ナニカが起こっている。


世界の摂理を冒瀆(ぼうとく)するようなおぞましいモノが近くにいる。

忘れていた呼吸を再開できたのはパトリックの一声だった。

「ひとまず外に出よう」

これだけの事態、詳細どころか何も分からないがユミエラ・ドルクネスが恐怖を感じるほどの状況下で、彼は最初に行動した。

よく見ればパトリックも体が震えている。さっきの声も震えていた気がする。世界で一番強いのは私でも、勇気ではパトリックに負けるだろう。

エレノーラは大丈夫だろうか。真っ先に心配すべき彼女を後回しにするほど、私は内心で追い込まれていた。パトリックに貰ったなけなしの勇気を振り絞り、私も声を発する。

「エレノーラ様も大丈夫ですか？」

「受け入れるしかありませんわ……わたくしではどうにもなりませんから」

彼女は諦めていた。

墜落が確定した飛行機の中などパニックが起こりそうな状況下において、人は意外にも冷静でいるらしい。本当にパニックになるのは早く逃げれば助かるような少しでも希望がある場合。逃げ場が無く絶対に助からない、希望が一片たりとも存在しないとき……そんな冷静さをエレノーラは持っていた。

エレノーラよりパトリックが、それ以上に私が動揺しているのはそういうことだろう。現在発生しているコレに希望を見出せるのは私とパトリックだけなのだ。


静まり返ってしまった馬車の外を不気味に思いながら、恐る恐る外に出る。

私たちはこれの原因を探り周囲を見回すが、それらしいものは見つからない。

絶望の雰囲気は世界に薄くまんべんなく存在しているように感じられた。

初めに気がついたのはエレノーラだった。彼女は天空を指差して言う。

「空に！　空に！」

「……アレは、なに？」

ソレは浮いていた。薄い雲の更に上。輪郭はぼやけ、空か宇宙か分からないような高高度にあるように見える。

ソレは背に翼を背負っていた。本来であれば流動的で、形も色も持たない魔力が固形化するという非常に珍しい現象。

左側にだけある六枚の黒い翼は、グニャリグニャリと絶え間なく形を変えつつ大きくなっていく。遠くからなら、翼を目視できても中央にいるヒトガタのソレは見えないほどだ。

ソレは頭に輪を冠していた。またしても黒い輪は、幾重にもなり、土星の輪のように広がっている。

天使と呼ぶにはあまりに邪悪で、悪魔と呼ぶにはあまりに神々しくて、神と呼ぶにはあまりに冒涜的だった。

ソレを王都の人間は見上げていた。かつての顕現時は余波しか目撃しなかったので、間近で直視するのは初めてだった。ソレが羽を伸ばし円環を広げているのを、ただ見ていた。

誰も逃げない。どこに逃げても無駄だと、どれだけ理解力が低くとも否応無しに分かってしまうから。

誰も悲鳴を上げない。肺から空気を吐き出し声帯を震わせる行為に、一片の価値も無いから。

誰も会話をしない。皆の思いは同じであり、わざわざ喋って共感を得る必要はゼロだから。

誰も遺書を書かない。遺言を残す相手すら消えてしまうのだから。

誰も戦わない。理由は記すまでもない。

絶望よりは諦観が相応しいだろう。何をしても無駄、この現象を受け入れるしかない。
しん――と静まり返ったソレの周囲。王都の民たちが眺めるソレは、今も刻一刻と大きくなっていく。

黒翼と円環は、世界中の空を覆い包むように広がっていく……。

黒い翼と円環は、全世界で観測できた。世界中に動揺が広がっている。勘の良い者や感受性の高い者は、謎の現象を見てソレの存在まで想像してしまい、絶望の深淵に引きずり込まれた。

そして、ソレに比べれば矮小すぎる存在でしかないパトリックとエレノーラはため息をついた。

「なんだユミエラか」

「ユミエラさんですわね」

いや、私はここにいるが？

「何々？　何が起こってるの？」

「あー、やっぱりユミエラさんですわね」

「左半分だし間違いないだろう」

誰か説明してよ。周囲のキャラが意味深な会話して主人公が置いてけぼりになるの、私はあんまり好きじゃないぞ。

私は未だに危機感マックスなのに、二人は完全に気が抜けてしまった様子だ。アレが怖すぎてお

かしくなっちゃったのかな？　だとしたら不安で泣きそう。

アレが私だなんて支離滅裂なこと言ってるし……。

「アレの正体を知ってるなんて言わないよね？　私はあんなの初めて見たよ？」

「俺は二度目だ」

「わたくしもですわ」

やはり二人はおかしくなってしまったようだ。

もう無理だ。このまま世界は終わるのだろう。受け入れるしかない終末に、せめて大好きな二人と話を合わせたい。意味深でたぶんあんまり中身の無い会話に私も参加する。

「まさか天体制圧用最終兵器が――」

「ユミエラだぞ」

「ユミエラさんですわよ」

私ぃ？　私はここにいるぞ？　それに私はあんな半分こ人間じゃ……あ、アレ左半分だ。

もしかして半分しかないってだけで私を疑っているの？

「半分の人なんて私以外にもいるから！」

「いないだろ」

生まれつきそういう魔物かもしれないじゃん。

認めたくない一心で反論を考えていると、パトリックは続けて言った。

「いい加減認めろ。あれだけの闇の魔力を持っていて、ちょうど俺たちの真上に現れて、左半分で……条件が揃いすぎているじゃないか」

たし……かに？

信じがたいけどパトリックが言うならそうかもなあ……。

探していた左ユミエラは、向こうから会いに来てくれた。これで一件落着。ユミエラは晴れて元の体に戻るのでした。めでたし！

「……ねえ、仮にアレが私の左半分だとして、普通にお話できる状態だと思う？」

「放置してると惑星ごと蒸発させられると思う」

やっぱり天体制圧用最終兵器じゃん。

アレが私の半身だったとしても、話が通じなければ最終兵器と何ら変わりは無い。私特有の弱点でもあれば良いのだが私はご存知の通り無敵で最強なのでどうしようもない。

危機的状況であることは事実のはずだが、アレが私と判明してからパトリックは余裕げだ。

「会話不可能なのにどうするの？」

「任せておけ。アレと対峙するのは二度目だ」

「前回はどうしたの？」

「この状況には……必勝法がある！　ユミエラ最強！　ユミエラ最強！」

パトリックさん!?　どうしよ、パトリックが壊れちゃった。

いつもは常識的でおとなしい人であればあるほど、奇行を始めたときに怖い。私もパトリックの謎行動に完全にビビってしまっていた。

助けを求めてエレノーラに視線を向ける。パトリックの声に驚いていた彼女であったが、すぐにハッと何かに気が付いて最強コールに参加する。

「ユミエラさんが最強ですわ！　一番強いですわ！」

「ユミエラ最強！　ユミエラ最強！」

エレノーラちゃんも壊れちゃった？

二人とも何してるの？　当然の事実を叫んでどうしちゃったの？

果たして本当に必勝法なのかと考えたが、天空のアレに変化は見られない。程なくして二人の謎コールは止まった。

「変化が無い。前回はこれで収まったんだが」

「原因は強さやレベルに由来する何かですから、こういう方法で間違いないはずですわ」

おかしくなった二人のはずなのに会話は噛み合っているように感じる。

謎コールも阿吽の呼吸だったってこと？　私には一切理解できない会話をできるくらいに、パトリックとエレノーラは通じ合ってるってこと？

「婚約者と親友が……ぐうう、脳が破壊されそう」

「ユミエラさんにも説明した方がいい気がしますわ」

「そうしよう」

見かねた二人から、改めて説明を受けたことで脳破壊展開は回避された。

どうにも前回とやらは私が弱いと煽られたことが原因だったようだ。低レベルだと煽られた私は、上空のアレみたいな姿になってしまい戻った後は記憶が消えていたらしい。

だから彼らは、私が最強であると叫ぶことで事態の収拾を図ったのだろう。

「いくら私とはいえ、弱いって言われたくらいであんなになっちゃう？」

「なっちゃうから困ってるんだ」

「そっか。……じゃあ薄明の国にいた私の左側が、弱いって煽られたんだよね？」

「そうだと思う。迷惑なヤツはどこにでもいる」

パトリックは珍しく苛立たしさを表に出していた。

本当にね。迷惑なヤツもいたもんだ。私の左側にそんなことを言うなんて。左ユミエラは右ユミエラこと私に負ける雑魚ではあるが、言って良いことと悪いことが……あ！

急展開の混乱で頭の中から消え去っていたが、アレが出現する直前に私は何をしていたか。

抱えたままでいた例の黒い手帳を確認する。

『彼女に伝えてください。左側は右側に負ける雑魚』

原因コレじゃない？　迷惑なヤツって私？

私が固まっていると、パトリックは私がショックを受けていると勘違いしたようだ。

「あまり気に病むな。原因を作った人物にも責任がある」

「あの、その原因なんだけど――」

「半分とはいえユミエラさんを弱いなんて言った方も悪いに決まってますわ！」

「ごめんなさい。原因、私です」

頑張って私をかばってくれる二人に、事実を隠すなんて出来なかった。

手帳を見せ、左側の暴走は右側の煽りであると説明した。

すごい怒られるんだろうなと身構えていたところ、パトリックは全く違う反応をした。

「そういうことか！　だからユミエラ最強と言っても効果が無かったんだ」

「わたくしも分かりましたわ！　大事なのはユミエラさんの強さではなくて、ユミエラさんの右と左どっちが強いか！」

「エレノーラ嬢も気がついたか！　これで必勝法が使えるぞ！」

また私の理解は置いてけぼりにされてるけど、必勝法は使えるみたいです。

私が原因で事件が起きて、パトリックが上手く片付ける。……今回もいつもの流れで終わりそうだ。

勝ちを確信しているパトリックたちは、再度声を張り上げた。

「ユミエラは左側の方が強いぞ！」

「左のユミエラさん最強ですわ！」

右ユミエラとしては懐疑的だった必勝法は、明らかな効果があった。

空に浮かぶ黒い翼がわずかに揺らいだのだ。今まで外界に対してリアクションが無かった左の私が、初めて反応を見せた。

こんなことで暴走が収まるなんて、左の私は単純だなぁ。私は言葉だけで強い弱いを論じられたところで、影響なんか無いけどな。

「左のユミエラが最強だ！」

「左側かっこいいですわ！」

　左側も、この程度のお世辞で矛を収めるとは情けない。


　今この私は、明らかに上っ面で言ってるだけの言葉に、何も思わなななななななな。精神面でもやっぱり右側の私が右が右が右が右が私が私が私ががっががあぁ。


「左ユミエラ最強！　左ユミエラ最強！」

「……パトリック様！　まずいですわユミエラさんが！」

「ぐぎぐぎががががれじぎが」

「落ち着けユミエラ、右側も強いから！　右の方が強いから！」

「そうですわ！　右ユミエラさん最強ですわ！」

　……ん？　えっと何だっけ、私は何をしていたんだっけ？

　確か左ユミエラが暴走して上空に浮かんでいたはずだ。空を見上げると、さっき見たよりも凶暴なオーラを放っているようだ。このままでは本当に世界が崩壊してしまう。

「必勝法は？　パトリックは必勝法があるって言ってたよね？」

「詰んだ」

「え？」

「詰んだ。必勝法は使えなかった」

必勝法があると言ったときの自信はどこへ行ったのか。パトリックからはもうダメだって確信が溢(あふ)れていた。

「じゃあアレどうするの？」

必勝法がダメでも、パトリックならきっと解決への道筋が見えているはずだ。

彼は問いかけに対し、私の目を真(ま)っ直(す)ぐに見て言った。

「どうしよう」

ホントにどうしようね。必勝法って必ず勝てる方法じゃなかったの？


とりあえず避難？　馬車はドルクネス邸の前まで来ていて、今は数歩だけ歩いて屋敷の庭先だ。

「一応、屋内に避難する？」

「どこに逃げても一緒ですわ」

確かにエレノーラの言う通り。

立ち尽くして空を見上げていると、黒い点が見えた。

「何か降ってくる！　左の私とは別の……人かな？」

たぶん人くらいのサイズでそんなに速くないから、脳天直撃なんてことはないだろう。上さえ見てれば誰でも避けられる。

「何が見えますの？」

ピンポイントでぶつかりそうな人がいた。

彼女を抱えて家まで逃げないと。私は慌てて行動に移したけれど、左半身が動かないことを忘れていた。

エレノーラの足下にビターン！　と派手に転ぶ。

「何をしていますの？」

「私はこれまでのようです。エレノーラ様、私のことは気にせず逃げてください」

もうダメだ私。自分を犠牲にして親友を助けるヒロインスイッチを入れます。

優しいエレノーラは親友を見捨てられるはずもなく、今度はわたくしが頑張るときと言わんばかりに立ち止まったまま……だといいな。

転がったまま上を見て確認すると、逃げてはなかったが何やってんのって顔で見られていた。スイッチ切ります。

「空からの落下物があるのでエレノーラ様は屋敷の中に避難しといてください」

「ユミエラさんは逃げなくていいの？」

うわっ。やっぱり私のこと心配してるじゃん。スイッチ再度オンで。

「私は大丈夫ですから、エレノーラ様だけでも……」

「大丈夫そうですわね！」

エレノーラは元気良く頷くとトテテテーと屋敷に一目散に避難を開始する。スイッチオフだ解散解散。

避難訓練の小学生くらい頑張ったエレノーラを見送りながら地面に寝転がったままでいたところ、パトリックに両脇に手を突っ込まれて立たされる。荷物っぽさのある持ち上げられ方だった。

「寝てる場合じゃない。あの物体、近くに落ちるぞ」

彼に誘導されるままに空を見上げると、例の落下物はこちらに真っ直ぐに向かっていた。

近づいてきて人間くらいの大きさだとは分かったが、まだ正体は不明だ。

「なんて迷惑な。屋敷が壊れたり庭に穴が出来たらどうするの？」

「……ユミエラみたいだ」

「迷惑落下行為をしてるからって私を出さないでよ。恐竜絶滅の隕石(いんせき)にユミエラって名前つけないでね？　私への偏見が加速するから」

味方だと思っていたパトリックが迷惑行為をユミエラと呼び始めてしまった。

現段階で風評被害を受けるのは私だけでも、ああいう破壊活動をするのはだいたい髪が黒い人……みたいに発展してしまうと本物の差別になっちゃう。

差別マン予備軍のパトリックは落下物を鋭い視線で睨(にら)み言う。

「あれはユミエラ……ではないな。黒い髪の人間だ」

予備軍が正規軍になっちゃった。

彼はユミエラ以外の黒髪の人間だと言うが、たぶん間違っている。

「そんなわけないでしょ。空から落ちてくる黒髪はユミエラに決まってるんだから」

「自分に対する偏見の方がすごくないか？」

落ちてくるのはどうせ私だ。

落下物を改めて確認すると長い黒髪を持った人間だった。パトリックが気付いたタイミングから更に大きく見えるので間違いようがない。

例によって自由落下しているのがユミエラで、天空に浮いているのもユミエラで、ここにいる私もユミエラで……三人いない？

右半身が自由に動く私はユミエラ（右）。翼のアレは左半分しかないのでユミエラ（左）。落ちてくる人は半分とかじゃないし、両手足を必死に動かしている。


なぞなぞです。左でも右でもなくて、空中落下でパニックに陥るユミエラなーんだ？

「……あれ私じゃないんじゃない？」

「だからそう言ってるだろ」

じゃあ、もしかしてだけど、助けたほうがいい？

そう思った頃には手遅れで謎の人物は私たちの目の前、王都ドルクネス邸の庭に墜落する。

「ねえパトリック、助けた方が良かったんじゃない？」

「あ」

うっかりさんの「あ」が聞こえた。ユミエラじゃないと分かっても、長い黒髪の人間を心配するのは難しいようだ。黒髪差別かユミエラ差別かの問題は深刻らしい。

舞い上がった砂塵（さじん）の中から咳（せき）の音が聞こえる。どうやら生きているらしい。

少し苦しそうな咳払いが続き、次に聞こえたのは男の声だった。

「どこだここは？　何が起きた？」

あの衝撃で無事な人物だ。正体不明な以上、警戒しなくてはならない。

私たちが多少の危機感を持ったまま見守っていると、茶色い土煙の向こう側から、真っ黒な男が現れる。

長い髪は私と同一の漆黒で、瞳も真っ黒、男性であるが顔の雰囲気すら私と似ていた。これまた黒い鎧を身に着けた、男版ユミエラとでも言うべき人物を私は知っている。

彼の正体を知らないパトリックは、少し警戒しながら話しかける。

「あなたは？　なぜ空からやって来たのですか？」

彼は煩わしそうにパトリックを一瞥し、次にこちらを見る。

右側しか動かずバランスの悪いまま立つ私をジロジロと無遠慮に眺め、左側しかない空のアレを見上げ、一人で「なるほど」と頷いた。

「ここは生者の世界か。向こうの貴様が半分だったことにも得心が行った」

私の左半分は死んで薄明の国へ行った。未練を残した死者が集うそこには、勇者と称された初代バルシャイン国王がいる。であるならば、魔王がいることに疑問は一つもない。

ユミエラ（左）が復活して暴走したのに巻き込まれたのは推測できる。しかし彼の行動方針は全く推し量れない。

また敵対するかもしれないと思いながら、私は恐る恐る口を開いた。

「お久しぶりです。……えっと、何とお呼びすれば？　お名前の方が――」

「魔王で良い」

その返答に驚いたのはパトリックだった。謎の人物に向ける警戒を、最大級のものに切り替える。

「魔王⁉　彼があの魔王なのか⁉」

「その通りだ青年。我輩こそが……我こそが……なあ、我輩という一人称はおかしくないよな？」

魔王さん突然どうしたの？

意図が分からずフリーズしているパトリックの代わりに、同じくよく分かってない私が回答する。

「全く変じゃありません。時代が違うんですから」

「我輩を使う人物がいない時代だとしたらどうだ？」

それは……現代基準でってことだよね？　言い回しに違和感を覚えるが、現代には我輩ユーザーは希少種だ。

魔王の時代には我輩ユーザーが多かったのだろうかと言語の変遷を考えつつ、私は断言した。

「変ですね。誰も使ってない一人称を使うのはちょっと」

「……そうか」

魔王は変なこと言い出すし、パトリックは魔王相手に警戒心マックスだし。

どちらかでいいから元に戻ってくれ。そう思っているとパトリックが普段の調子で口を開いた。

「ユミエラは誰も使わない一人称をたまに使うだろ？」

おいどんが変ってことでごわすか⁉

ぅちの彼ピッピがツッコミモードで元に戻ったことはさておき、拙者は人のこと言えないかもでござる。

じゃあ我輩に関する見解をお詫びして訂正します。

「我輩って使うのは変じゃないです。私、くらい普通です」

「うむ、そうか」

魔王は満足そうに頷いてから黒い手帳を取り出し、おもむろに筆を走らせる。

すごく見覚えのある手帳だ。先ほどまで薄明の国にいた人が持っている黒い手帳……？　まさかと思い、私も例の手帳を開いた。

『ちょっと気にしてたことをユミユミが気にすることないよって言ってくれた！』

え？　手帳の持ち主はたぶん女の子だろうから、まさかね。

魔王は更に文を書き進め、同時に私が持つ手帳にも文字が浮かび上がる。疑惑は確信へと変化した。

『ユミユミがそう言ってくれたのは隣にいる男の子のおかげ。やさしそうでちょっと気になる』

どうして女子小学生みたいな文体なのか突っ込もうと思っていたが、言わねばならぬことがあるようだ。

魔王のかわいい丸文字に、私も文章で返信をする。

『その男の子、ユミユミと付き合ってるんだけど？　気になるってどういうこと？　ちゃんと説明してね』

『そうなの⁉ すごい似合ってる！』

あ、パトリックを狙ってると思ったのに全く違った。

勘違いでピリついたメールを送って申し訳ない。こういう謝罪は直接伝えた方がいいかなと思い、私は目の前にいるクラスメートの顔を……魔王様だった。

魔王だったし、小学校の教室じゃなかったし、手紙を書いてから折り紙にして回していたわけでもなかった。

文字でのやり取りを全て目撃していたパトリックから、こっそり耳打ちされる。

「魔王って何というか……こんな感じだったんだな。俺は会ったことがないから知らなかった」

「私も知らなかったって。喋(しゃべ)るの聞いたでしょ？ 仰々しく我輩って言う人だよ」

「それで、彼はどっちなんだ？ 敵か味方か」

魔王が現世に戻ってきたのは、私の暴走に巻き込まれたからだろう。

意図から外れた復活とはいえ、今の彼が何を始めるのかは予想がつかない。左ユミエラという超兵器の危険があるのに、加えて魔王の相手までするのは大変だ。

魔王は強い。スペックにおいてパトリックくらいはあったと思うし、人を殺傷する一点において闇魔法は強すぎる。

私だったら対処可能だけど、魔王の存在は十分に世界の危機と言える。

顔を近づけて会話をしている私たちに対して、魔王が発言する。

「聞きたいことがあるなら聞けばどうだ？　我輩に聞かれたくないという分別があるくらいなら、せめて我輩の目の届かぬ所で企み（たくら）をしろ」

いよいよ核心に迫るしかないだろう。

危機は二つに増えるが、後回しは無駄だろうとパトリックが緊張を滲（にじ）ませながら質問する。

「あなたの目的はなんですか？　偶然とはいえ生き返って、ここ王都バルシャインでどう行動しますか？」

「初めからそう言えば答えてやらぬでもなかったが……さて、貴様らは何と答えて欲しいのだ？」

これは……どっちだ？

友好的な態度ではないけれど、発言次第では変わりそうな雰囲気がある。

手帳と実物にすごい落差もある。私は授業中に回す手紙モードのままだったので、ラスボスっぽい問答を仕掛けてくる魔王に付いて行けそうにない。

……これもう手帳で聞いちゃおうかな？

私がペンを走らせると、魔王も自分の手元に視線を落とす。一連の流れで、彼も手帳同期には気がついていたようだ。

『これから何する予定なの？』

『ユミユミには言いたくない。だってウチの前でカレシと秘密のお話するんだもん』

『ごめんね。まおちゃんがパトリックのこと好きなのかなって勘違いしちゃったばかりなのに、今度はまおちゃんが国家転覆を目論（もくろ）んでいるかもって思っちゃった』

『ひどい！　そんなこと考えてたの⁉　もうユミユミとは文通したくない。じゃあね！』

　自然と魔王を「まおちゃん」と呼んだ自分に冷や汗をかきつつも、まおちゃんとのやり取りは続く。

『ごめん！　私はもっとお話ししたい。お手紙くれる友達いないからすごく寂しい』

『お友達？　ウチとユミユミってお友達なの？』

『あ、ごめんね……会ったばかりだもんね。友達じゃないよね……』

『こっちこそごめん！　ユミユミが友達と思ってくれてたの嬉しいよ！　ごめんねずっとイヤな態度取って。ウチはバルシャイン王国あんまり好きじゃないけど、もう国民を根絶やしにして国土を焦土にしたいとか、思ってないから！』


　魔王の目的は引き出せた。それと、文字のときの一人称はウチなんだ……。

　いい加減きつくなってきたので、手帳でのやり取りを止めて直接話す。

「良かったです。世界の危機が二つになるかと思って警戒してました」

「世界の危機が二つか……。あながち間違いではないな」

　魔王は頭上に広がる黒い翼を見上げつつ、低い声で、また不穏な発言をする。

　さっきお友達になった子と同一人物であると、脳内で結びつかず混乱する私を尻目に、魔王は続けて言った。

「貴様の片割れの暴走に巻き込まれたのは我輩だけではない。薄明の国の王も現世に舞い戻っていることだろう」

「それって勇者……バルシャイン王国の初代国王ですよね？　彼が危険なんですか？」

やはり彼も来ていたか。レムンからの情報で薄明の国には初代国王がいると分かり、彼については既に調査したばかりだ。

想像よりも野蛮な雰囲気の人だけど、世界滅亡を企むような人物ではない。

魔王の前では言えないけれど、彼と決裂したことは死の間際まで後悔していた。想像の別方向で色々と悪かった王様は、そこまで悪い人ではないと思う。

「薄明の国でヤツは言っていた。バルシャイン王国は間違った国だと、数多の犠牲の上に成り立つ初めから存在しない方が良い国だったと」

「それが国の危機になるんですか？」

まだ話の全貌が読めない。

存在を否定するほど後悔が大きかったのにはびっくりだけど、だから何なの？　理解できぬ私たちに対し、ついに魔王は勇者の目的その核心に触れる。

「つまりヤツの目的は、バルシャイン王国を滅ぼすことだ」

魔王は怒りを滲ませながら言った。

国王晩年の後悔は知っていたが、生き返ってまで無かったことにしようとするとは執念が深すぎる。王国を無くしちゃうって勇者が魔王みたいなことしないでよ。本物の魔王が止める立場になるなんて……。ん？

私が感じた疑問はパトリックも持っていたようで、彼は魔王に問いかける。

「あなたはかつて、バルシャイン王国を滅ぼそうとしたはずだ。目的が同じになった初代国王に協力せず俺たちに現状を伝える理由は——」

そうそう。勇者と魔王は王国ぶっ壊したい仲間になったはず。さっき手帳で王国滅亡は止めたと言っていたが、納得できる理由は不明のままだ。

一番聞きたかったことを代弁しているパトリックの声を聞いていたが、魔王の言葉に遮られる。

「我輩はもう死んでいる。死してから過去を変えようとするアイツを止めたいだけだ」

これ以上触れない方が良さそうだ。鬼気迫る様子からして、彼は本気でそう思っているのだろう。詳細を手帳で聞くのも憚（はばか）られる。あと手帳のテンションに付いて行くのが辛（つら）い。

しかし、初代国王がバルシャイン王国を滅ぼそうとしているねぇ……。

昨日どころか今朝に言われても信じられない話だ。しかし今は違う。彼の人柄も何となくだが分かったし、晩年の後悔も知っている。

過激な方向へ思考が飛んでいるが、動機も納得できる。それをやりそうな荒っぽい人ってのも分かる。

「私たちはさっきまで、初代国王について調べていました。近しい人の苦労している日記を読んだりです」

「苦労している側近と言えば……苦労しているヤツが多すぎて誰なのか分からんな」

魔王は少し笑う。どういう感情の苦笑なのかは分からなかった。

そのゆるんだ口を、彼はすぐに引き締めて首を横に振る。

「ヤツの傍若無人さを知っていたとて意味は無い」

「王国滅亡を止めるのにはあまり関係ありませんね」

「そういう意味ではない。長らく薄明の国にいた影響で、ヤツは変わり果てている。本質とはかけ離れた見るに堪えない化け物になってしまった」

そうだ。薄明の国ってそういう所だった。

そもそも場所の影響が無かったとて、数百年も一つの妄執に囚われている時点でヒトとは隔絶した精神性になっていてもおかしくない。蛮族と語られた伝説の勇者が、変わり果てた化け物になっている……。

私とパトリックは想像もできぬ怪物を思い描き唾を飲み込む。それを馬鹿にするかのように魔王は言った。

「勇者は既にこちらにいるだろう。我輩と同様に、貴様の片割れの暴走に巻き込まれたはずだ」

「落ちてきたのは魔王さん一人でしたよ？」

「いいや、貴様らが見逃しただけだ。ヤツは今にもここに来る」

バルシャイン王国を滅ぼさんとする、建国の勇者の成れの果ての化け物が、ここに……!?

魔王の言葉を聞いていたとしか思えないタイミングで、彼は来た。

ドルクネス邸の屋根。その頂点に、その人物は立ちはだかっていた。

絹のような金髪をたなびかせ、華美な誂えの軍服を着こなし、過度な装飾が施された長剣を抜き放ち、凛々しい声を私たちに向ける。

「今こそ皆の力を合わせるときだ。僕は王として厄災から世界を守る！」

だれぇ？　王様は王様っぽくないはずなのにすごい王様っぽい。

頭とか風体とか態度とか、残念な意味で色々と悪かった王様が死後さらに悪化したはずなのに……。これ誰？　別の方ですか？

知らない人の登場に私とパトリックが困惑していると、王様っぽい人は凛々しい顔で語りかけてくる。

「こうなっては敵も味方も関係ない。全てのしがらみを排して、今は協力しよう！」

王様っぽいなぁ……。でもバルシャイン初代国王っぽくないなぁ……。

本人確認ができる魔王を見ると、彼はあからさまに顔をしかめていた。

「お前、バルシャインを無くすという野望はどうした？」

「罪なき多くの人々が危機に瀕している。自分の都合なんて構っていられない。君もどうか協力して欲しい」

そう言って王様カッコカリは深々と頭を下げる。宿敵に下に出られた魔王様はすごい勢いで手帳に文字を書きなぐる。

『ユミユミ助けて！　あの人ぜんぜん自分勝手じゃない！　コワイ！』

薄明の国で初代国王は変わってしまったと魔王は語った。その通り、彼は完全に変わり果ててしまったのだ。

だから私は王様っぽい人が本当に王様なのか分からなかった。なんてお労しい姿に……おいたわしいか？

「まともになってるなら良くないですか？」

「良くない！　あれは……おかしい！」

魔王の、手帳と現実の反応が初めて一致した。そんなに嫌なんだ。

かつての姿を知っていると受け入れがたいだろうけど、私にとっては好都合な気がする。危険なのが二つか、危険なのプラスそれの対処に協力的な人。後者が断然いい。

パトリックにも同意を求める。

「こっちの方がいいよね？」

「……どちらかと言えば」

あれ？　左ユミエラ討伐隊が増えたのに、彼の言葉は歯切れが悪かった。

私たちのやり取りを聞いて、勇者は満足そうに頷く。

「共に戦えて嬉しいぞ。ユミエラと……君の名を聞いていなかったね」

「パトリック・アッシュバトンです」

共闘へ向けて自己紹介を済ませるが……突如として勇者は後方に飛び退いた。剣に手もかけている。

「アッシュバトン⁉　な、何の用があって来た⁉」

王様らしく余裕たっぷりだったのに、急に取り乱してしまった勇者に戸惑っている間に、魔王もパトリックから距離を取る。そして勇者の背中の後ろに隠れてしまった。

「どうして僕を盾にするんだ⁉　いくら僕でもアッシュバトンとの戦いは避けたい」

「アッシュバトンを怒らせたのは貴様ではないか！　王なら責任くらい取ってみせろ！」

勇者と魔王はお互いに背中を押し合って、自分だけが助かろうと頑張り始めた。仲良しじゃん。

しかし珍しい。私とパトリックが並んでいて、彼だけ怖がられる状況は初めてのはず。

たぶん二人は当時のアッシュバトン辺境伯に、つまりはパトリックのご先祖さまにビビっているのだろう。

大昔に亡くなった人だから怖がる必要はない。それを説明しようとしたところ、魔王が事実に気がついたようだ。

「……ん？　我輩たちの時代のアッシュバトン公は既にいないはずでは？」

「本当だ！　流石は僕の一番の家臣」

「お前が早合点するから我輩まで驚いたではないか。もう少し頭を使え」

王様らしい威厳溢れる見た目の勇者だったが、ちょっとキャラ崩壊しかけていた。

魔王も近い距離のまま自然体で話しているし、当時の彼らに少し寄っているのかもしれない。

ご先祖様を怖い人呼ばわりされたパトリックであったが、あまり気にした様子を見せずに勇者たちに話しかける。変な人への対応力すご。

「厄災から世界を守る……とおっしゃいましたよね？　俺たちも目的は同じですが手段によっては協力できかねます」

「君の言い分も理解できる。しかし、王は最大公約数的な民の幸せを追求するものだ。僕は手段を選んでいられない立場にある」

急にまた王様らしくなった気がする。彼がパトリックと喋りだした途端、魔王が苦虫を噛み潰したような顔になったので、先は少しだけ元の雰囲気を取り戻していたのだろう。

その間にも黒髪じゃないチーム二人の会話は続く。

「上空のアレはユミエラです。俺は力ずくで排除なんてできません」

「君にとっては大事な人でも国を脅かす存在であるのは明白なのだから――」

そういう話の流れか。私はパトリックほど私を心配していないので気づくのが遅れた。

勇者が喋っている間に「私を倒すか否か」で議論していると分かったが、彼の語りは途中から雲行きが怪しくなる。

「――上空のアレは手段を選ばずに止めるべき…………ダメだ、それじゃ一緒になる」

「一緒？」

「そうだ。僕は全てを救える完璧な王なんだ。全員を幸せにしなければ意味が無いんだ。邪悪な人外に成り果てた人でも助けなければ、僕は同じ過ちを繰り返すことに……」

まずいぞ。理屈は分からないが、パトリックだけでなく勇者までもが左ユミエラ擁護派になりそうだ。

勇者の言の通り、あんなん邪悪な人外なんだから、やっつけてでも止めないと絶対ダメじゃん。でも大丈夫、右側であるこの私の方が強いから！

「やっつけた方がいいですよ！　本人が言ってるんですから間違いありません」

「でも僕は――」

「大丈夫ですって。一発殴ったら元に戻るかもしれませんし」

「そうか……そうだね。最悪の結末になると決まっているわけじゃない。王として希望を捨てずに最後まで足掻こう！」

勇者サマ偉いぞ！　左ユミエラ撃退に燃える、元のキラキラ王様スタイルに戻ってくれた。

あと問題なのはパトリックだ。断固反対の姿勢のまま、彼は私に私の討伐反対を訴えかける。

「自分の片側なんだぞ！　対処を間違えればユミエラはずっと左半身が動かないままだ」

「パトリック。冷静に考えてみて。今ここにいる私と、上に浮かんでる私……どっちがいい？」

「どっちがいいって、そんな……」

パトリックは今も黒い翼を広げ続けている私を見上げ、片側が動かない以外は通常通りな私を見つめ、降臨した邪神にしか見えない私を再び見上げ、見た目も人間だし普通に会話も可能な私を見つめ……。

視線を上と下に、私の左側と右側を、交互に見たパトリックはついに口を開いた。

「………どっちもユミエラだ」

「その沈黙が答えだよね」

パトリックは巨大ロボや巨大怪獣にテンションが上がらない人間なので、タイプなのは間違いなく私の方だ。付け加えると、上空のアレを選んだ場合は世界が滅ぶというオマケが付く。

彼は散々悩んだ末、ポツリと零すように言った。

「まあ、ユミエラが簡単に死ぬとも思えないしな」

「そうだよ！　私のことなんて心配するだけ損だよ」

自分で言っててちょっと悲しくなったが、まごうことなき事実なので仕方ない。

パトリックの説得が完了。続いて勇者が魔王に向かって言う。

「君はどうだい？　一緒に戦ってくれるよね？」

「出来ることはやってやろう。いつも通りだ……言動には鳥肌が立つが」

勇者のやること全部に反対しそうだった魔王はすぐに了承する。バルシャイン王国滅亡以外にはあまりこだわりが無いのかもしれない。

すごい戦力の四人による共同戦線ができたぞ。

謎メンバーをぐるりと見回すと、空を見上げていたパトリックが険しい表情になっていた。

「どうしたの？」

「……落ちてきてないか？」

え？　落ちてくる？

パトリックの言葉を聞いた途端、全員が暴走ユミエラを見上げる。言われてみれば近づいてきてるような……？　そもそもが翼を含めて巨大なので遠近感がいまいち……あ⁉　やっぱり落ちてる！

「こっち来てるじゃん！」

ほぼ宇宙くらいの所に行ってやっつけないといけないヤツだと思ったのに違った。見た目でのミスリードを狙ってくるとは流石、弱い方の半分とはいえ私。

完全に騙（だま）されていたが、宇宙から落ちてくるのを走って手で受け止めないといけないタイプだ。

しかし、その方が対処は楽じゃないかな？

「宇宙に行かなくていい分、こっちの方が都合良くない？」

あまり考えなしに放った私の発言は三方向から否定される。

「貴様正気か？　あれが地上に来ただけでどれだけ人が死ぬと思う」

「僕もそう思う。地表に一部でも触れた時点で終わりだ」

「落ちきる前にどうにかするのが無難だろうな」

みんな、一応あれが私って分かった上で発言してるんだよね？

まあ、そうか。地上に落下した時点でアウトって私も思う。走って手で受け止めればいいヤツじゃなかった。

こちらから出向いて迎撃しないとダメかなぁ。

私の左側は確実に地表に近づいてきていた。サイズ感のせいか落下速度はゆっくりに見え、ぽつぽつと浮かんでいる雲よりは上だと分かるくらいだ。

余裕を持って雲くらいの高さでどうにかしたい所だけど……。

「この中で空飛べる人っていいます？」

勇者と魔王は困ったように顔を見合わせた。二人とも飛べないようで、リューの不在が悔やまれる。

唯一、まともな飛行手段を持っているパトリックが手を上げて発言した。

「俺の風魔法で全員を飛ばすことは出来ます。空中で足場も作れるはずです」

四人の近くに浮遊する土のブロックが出現する。

丁寧に立方体に成形されているそれに、勇者が軽々と飛び乗った。

「足場としては十分だ。しかし、これでは難しいかもしれない」

なんだぁ勇者？　パトさんの魔法に文句があるってのかぁ？

全員で空中戦闘をするとなると風魔法だけでは厳しい。風だけで飛ばしてもらったことはあるが、発動者つまりはパトリックの意志でしか動くことは出来ない。各人が能動的に空中移動するには浮遊する足場をジャンプし続けるしかないのだ。

空を飛ぶとは違うって感じるかもしれないけど、方法は一つなんだよ。

それらの具体的な説明を聞く前に、勇者は続けて懸念点を言う。

「何も無い場所に土を生み出すだけでも相当の魔力を消費するだろう？　更に風を纏わせて浮かせなければならない。それなら初めから風魔法のみを使った方がいい」

いやいや、これを沢山出してピョンピョン跳び回るんだよ。

どうして一人につき一個しか用意できない前提なのだろうか。

見せる方が早いから実演してしんぜよう。私も足場ブロックによじ登ってから、パトリックに目線を送る。

「ユミエラがやる必要は――」

「いいからいいから」

半日ほど右だけ動く状態でやってきて多少は慣れてきた。さっきまで転んでいたのは、左の手足を使う前提で動いちゃったからだ。

半分とは言え私はユミエラ・ドルクネス。慣れさえすれば八艘飛びなどお手の物だ。

半信半疑のパトリックを説得する時間がもったいないので、私は返事を待たずに何も無い空中へと跳躍する。


すると空中に無数の土片が現れる。適度な間隔で、跳び回るにはちょうどいい。

右足で踏みしめ二度目のジャンプ。右手で手頃な位置にある土を掴み、腕の力で方向転換プラス加速。

片方の手足を駆使して、私は空中を三次元的に移動する。

最後は着地。接点が一つだとバランスが悪いので、手足を使い四つん這い……二つん這い？　で地面に降り立った。

移動から着地までがサルみたいになっちゃったけど、移動の仕方は勇者に伝わったはずだ。

「こうするんですよ」

「……虫みたいですごかった」

え、虫⁉　蝶みたいに華麗だったってこと？　ぴょんぴょん跳ぶからバッタかな？　まあ私ってバッタの改造人間みたいなところあるからね。

「何の虫ですか」

「ゴキブリ」

そっか。美しいものを見て何を感じるかは人それぞれだから。感性も多様であるべきだからノーコメントです。

勇者は気まずそうに私から視線を逸らし、今も浮いたままの足場たちを見上げる。

「しかし……驚いた。消費の激しいだろう魔法を並行してこんなに……」

まあね。パトリックはすごいからね。全員分の足場を用意しつつ、指揮も出しつつ、自分も最前線で戦いつつ、片手間で確定申告もできるもんね。

「これを人数分だと俺は戦闘に参加できません。質問があれば」

「はい！　確定申告はできますか？」

パトリックは私の質問を完全に無視して、魔王も特に何も言わずにスルーした。

私の言論が封殺され、質問なしということでいつでも出発できる状況の中、勇者は腰に佩いた長剣を抜き放ち高々と声を上げる。その切っ先は天へと伸びていた。

「では行こう。国のため剣を振るったことは幾度とあれ、世界のためは初めてだ」

「ん……？　え？　国のため……？　お前は自分勝手に好き放題暴れていただけだろう？」

困惑する魔王をよそに作戦はスタートする。時間が惜しいからだろう、パトリックは風魔法を発動した。


魔力節約の観点からも、一定の高度までは風魔法のみで飛ぶのが効率的だ。

体が勝手に持ち上がり、空へと上昇を始めた。上方向に流れる風を纏うと落下しているように感じる。不思議な感覚だ。

風魔法でもだいぶ高等技術……というか曲芸の類なので体感したことある人は少ないはずだ。しかし流石の勇者と魔王、驚く様子は見られなかった。

魔王さんの方は表情変わらないから、内心ではびっくりしてるかも。そう思って視線を向けると彼は何やらぶつぶつと呟いていた。

「小綺麗になって上品ぶるようになっても、しかし……強引なところは変わらんのだな」

まおちゃんもしかして、勇者くんのコト好きなの？　という言葉を飲み込む。照れた女子小学生に反論されて面倒なことになるのは目に見えていた。

そして、いよいよ暴走した左ユミエラが近づいてくる。

世界の危機に立ち向かうパーティメンバーは四人だ。勇者と魔王と裏ボスと……あとパトリック。

「パトリックが巻き込まれた感が強くない？」

「実際に巻き込まれている」

彼は自分だけがそうという態度で言うけれど、勇者と魔王の因縁に巻き込まれたのは私もだ。私も被害者です！

あぁ、勇者たちが現世に来たのは左ユミエラが原因か……。

被害者とか加害者とか、何にでも白黒付けようとするのは止めよう。この世の中、キッカリ明暗が分かれているモノは少ない。

いま確かなのは、左ユミエラがこのままだと世界を滅ぼすくらい危険な絶対悪であることだけ！

……なんだか私が絶対的な加害者に思えてきた。マイナス思考は良くないので、プラス思考プラス思考。

「あれって本当に私？　私ってあんな邪悪な感じじゃないでしょ？」

「今さら現実逃避はやめろ」

パトリックが辛辣な一言で刺してきたタイミングで、たぶん私と関係ない未確認な飛翔体に動きがあった。

警戒したパトリックは上昇を一旦ストップし、空中に留まる選択を取る。

左ユミエラの背中から、多数の板のようなものが射出される。全部で……十二枚のそれらは、おそらく三十センチほどで……あ、コの字型に変形した！　メカ的にガチャンと変形した！

本体から分離しているのに、自由落下するわけではなく意志を持ったように空中を旋回している。なんか、すごい見たことある気がする。

「パトリックごめんね。アレ絶対に私」

見た感じアレは魔力の塊なので、わざわざ変形させるのは手間でしかない。最初からコの字型の状態で作ればいいだけだ。

既存のアニメの真似をした私の確率九十九パーセント。誰が見てもカッコいいあれを一人で思いついた私と別人の天才の可能性が一パーセントくらいだろうか。

唐突に態度の変わった私に、パトリックから疑問の声が上がる。

「なぜ今になって認めるんだ？」

「わざわざカッコよくするのは私っぽいなと思って」

「ピンセットみたいだが……カッコいいか？」

パトリックは理解できないと首を捻って言う。

九十九パーセント私だったアレが、百パーセント私になった瞬間だった。

「ユミエラはアレが何をしてくるか分かるのか？」

「ドローンみたいに動き回って、粒子砲を出してきたり、三つ合わさってバリアになったりする……と思う」

いる。

「ドローン……？」

ヒレのような形状なので、以降はアレをフィンと呼びます。

説明している間にもフィンを操る左ユミエラは、惑星をぶっ壊すべく地表に向けて落下を続けている。

真っ先に動いたのは勇者だった。

飛び出した勇者に全てのフィンが殺到する。重力や空力を無視して、十二機はそれぞれに意思があるかのように複雑な軌道を描いた。

前後左右だけでなく上下にも、三次元的な勇者包囲網だ。一人で飛び出すから……。

このフォーメーションってことは、フィンからビームが出てくるのは確定だろう。助けないと危ない。

動きだそうとしたところを、魔王に手で制された。

「加勢の必要はない」

あのクラスの全方位攻撃をかわすのは無理ゲーすぎる。私なら被弾は抑えるが当たる前提で動くだろう。それは耐久と回復を駆使したゾンビ戦法が使えるからであって……勇者は一発の被弾すら命取りかもしれない。

魔王に引き止められている間に、フィン全てから魔力が溢れ出す。たぶん攻撃の予備動作。魔力量からして勇者一発即死は間違いないと確信できる。

かつての相棒が言うから見守っていたけれど、やっぱり助けないと。

私の加勢は再び、今度は勇者に制される。即死級の攻撃に全方位取り囲まれているのに彼は、私と目を合わせて大丈夫と頷いた。


ついに各々のフィンから赤黒い光線が発射される。

初撃が勇者に到達するより前、フィン十二機は位置と角度を変えて二回目の攻撃を敢行。そして三回目の調整をしてまたビーム。

「本当にユミエラか⁉　攻撃方法が巧みすぎる」

パトリックもびっくりの攻撃方法みたいです。たぶん左側の私はアニメの真似してるだけです。

こんなの絶対にかわせない。このままじゃ勇者が死んじゃう……もう死んでるのか。

攻撃が着弾するその瞬間、勇者は空中でくるりと一回転した。

そして、流れ弾でボロボロになった足場を蹴り上昇を再開する。

「……え、避けたの？　全部？」

「あれくらいやってもらわねば困る」

魔王は当然だとばかりに頷いて言う。

いや、無理でしょ。前後左右上下から三十六射撃だよ？

時間差もあるので絶対的な安全圏なんて存在しない。コンマ一秒で刻々と変わる空白地帯を縫うように動いたのだろう。

左ユミエラも想定外だったようで追撃の手が止まっている。詰めの甘い所もやっぱ私だ。

パトリックの作る足場を跳ぶ勇者は、本体の前に取り巻きを減らす作戦のようだ。フィンの一機に急接近をする。

狙われたフィンから幾度もビームが放たれるが、あの斉射を捌き切った勇者に当たるはずがない。周囲のフィンの援護も無意味だ。

「まず一つ」

勇者の呟きと共に、右手に握られた装飾過多な剣が発光しだした。

あれは光属性を纏った聖剣だったんだ。勇者に相応しい武器を見事に扱う彼は、難なくフィンを一機破壊した。

十分な身体能力、卓越した視野の広さと戦闘センス、光属性の強力な剣撃……やはり勇者は対闇属性において強すぎる。彼の戦闘力は原作ゲームヒカユウの勇者パーティーを遥かに上回っており、魔王も一対一で圧倒しうる力を持っていた。

残されたフィンは集合したり散開したり、動きに変化を持たせて勇者を翻弄しようとする。しかし小手先が通じる彼ではなかった。

彼の呟く数字はみるみる増えていき、ついには全てのフィンを撃墜してしまった。加勢しようとすら思えない手際だ。十二機のフィンが全滅⁉　三分もかかっていない。

取り巻きを全て潰しても勇者は止まらない。次は左ユミエラ本体。

翼の分で可動部が大きくなっているからか、その動きは緩慢だ。迫りくる天敵を迎撃する余裕もなく左ユミエラは勇者の一撃を……。

「防がれたか」

聖剣の切っ先は、左ユミエラの直前で止まっていた。彼女の周りに結界が発生しているためだ。結界は四角錐と表現すればいいだろうか、ピラミッドみたいな形のバリアが展開されていた。本体のお前がバリア張るんかい。


勇者の一撃は結界を貫いていた。しかし威力は削がれ、本体に届く前に動きが止まるほどだ。バリアの裂け目はすぐさま修復が始まる。勇者の判断は早く、剣が抜けなくなる前に後退、落下して一度距離を取った。

かつてエレノーラ父が教会から盗んだ光の結界に似ている。あれには私も苦労させられた。

聖剣のあの攻撃が防がれて、すぐに穴も塞がっちゃうとなると、攻略法は限られる。それこそ空間ごと削り取るしか……。

「あれは私じゃないと――」

「もう一度だ！」

ようやく出番かと思ったが、私の加勢を待たずに再び勇者は飛び出していく。

すぐ再生するバリアは危ない。何とか穴を開けても、閉じる前に向こう側に入り込まなければならないのだ。現に私は例の結界で腕がスッパリと切り落とされたことがある。

勇者は振り返らない。前だけを向いて、各所に設置された足場を伝い加速する。

バリアが近づいても彼は動きを止めず、対処する様子が見られない。このままじゃバリアに激突しちゃう。知らないよ？　私は何もできないよ？

「ブラックホール」

バリアの平面を無視して、黒い立体球が現れる。

私が突破法としてまず思いついた、闇属性の最上位魔法ブラックホール。使用できるのは裏ボスユミエラ・ドルクネスとそして――

勇者は前を向いたまま、もう一人の使用者へと声をかけた。

「君なら合わせてくれると信じていたよ」

「何度お前の無茶振りに応じたと思っている？」

つまらなそうに鼻を鳴らす魔王は、いつの間にか勇者の背中を追っていた。

そして勇者は、ブラックホールが消えバリアが復活する僅(わず)かな時間をピンポイントで狙う。

「僕だけの力じゃない。これは僕と最高の臣下、二人の一撃だ」

勇者と魔王の息が合ったコンビネーションは、ついに左ユミエラ本体に届く。

彼らに呼応するように聖剣は輝きをさらに増した。影になった魔王により、勇者の輝きが殊更に際立つ。

ああ、すごいな勇者。闇すらも味方に付けた彼の光は、ユミエラ・ドルクネスを打倒しうるもの

かもしれない。

勇者の最後の一撃は、確かにユミエラに届いた。


届いて、そして……。

「……まさか無傷とは」


左ユミエラは何もしなかった。何もしなくて良い、正面から受けても傷ひとつ付いていないのだから。

彼は確かに強かった。しかし、左ユミエラが全く本気を出していなかったのも事実だろう。

「遊ばれていただけか」

勇者が自嘲する。

ごめんなさい。たぶん、ホントに遊んでただけなんです。勇者様を馬鹿にするために遊んでたとかじゃなくて、自分が楽しいから遊んでいただけなんです。子供のごっこ遊びに付き合わされたんです。

申し訳ない。勇者は確かに強かったが、左ユミエラが全く脅威と感じていなかったのも事実だ。

どれだけ攻撃を避けられようとも、仮に勇者が脅威であれば、絶対に移動できない範囲を丸ごと消し飛ばせば済む話だ。半分でも私ならできる。

しかし、意味はあった。

歯牙にかけずとも左ユミエラは勇者に意識を割いていた。

勇者の一撃が効かなかった今、左ユミエラに対抗できるのは同格の……いいや左側なんかよりずっと強い存在だけ。その世界最強の存在が、左ユミエラの上を取る隙を勇者は稼いでくれた。

黒い翼の隙間から、見上げる勇者と、見下ろす私の目が合う。

「頼む、君が世界を救ってくれ」

勇者の作った隙を利用し迂回していた私は、左ユミエラの真上まで来ている。

地の利は逆転した。それの立役者である勇者から想いを託されるが、今は世界とかどうでもいい。

「私の方が！　右側の方が強い！」

ユミエラの左側VS右側。

私が勝ってやる！

九章　裏ボス（？）、見送る

勝ったのは右側の私だった。つまり、薄明の国に行った左側の私の大勝利というわけだ。

……あれ？　私は右側だからずっと生きていた方で、王城の地下で勇者の情報を集めた方で、勇者に会って猫おじさん兄弟を見送った方だから、薄明の国へ行った左側で……ん？

ユミエラ左右対決を制したのは私だけど、私って右側だっけ？　左側だっけ？

両腕を組んで記憶を辿る。朝起きたとき右半身しか動かなかったから私は右側で間違いなくて、薄明の国で左半分だと判明したから私は左側だ。

……うん？　どうして分からないんだろう。ちょっと前に自分がしていたことを思い出せばいいだけなのに。

そういえばここはどこ？　周囲を知覚できないほど頭がふわふわしていた。ハッとして確認すると、私はパトリックの腕の中にいた。眩しい西日に照らされて、お姫様抱っこされながら二人で落下中だ。

あ、パトリックいるじゃん。さっきぶり。

「私、本当に死んじゃったかと思って……。パトリックともう会えないんじゃないかって不安で」

「左側のユミエラなのか……？」

「ううん私は右の方。朝から一緒にいたでしょ？　……また会えて本当に良かった」

「どっちだ」

死んでしまったから会えないと思っていたパトリックだ！　朝起きたときにいなくて、今は夕方だから丸一日も経っていないはずだ。それでも再会できて本当に嬉しい。両腕で彼を抱きしめる。

両腕でしがみつくと彼と再会できたことが実感できて……両腕？

「両方動く！　なんで？」

「二人のユミエラが戦っていたら、互いが互いを吸い込むようになり一人に戻ったんだ」

状況の飲み込めない私に、パトリックから的確な説明が入る。

融合というか合体というか、二等分の私は一人に戻ったらしい。だから体が両方動くのか。

いい加減くっついているのも恥ずかしいので抱きつくのを中断すると、パトリックから真剣な眼差しを向けられる。

「元に戻ったのは良しとして……どちらの記憶を持っているんだ？」

「…………右と左、両方の記憶がある。だからずっと変なこと言ってたのかも」

さっきから思考も発言も左右反復横跳びを繰り返していたのは、二つの記憶による混乱が原因だ。

薄明の国に行って勇者や魔王と出会った左側も、勇者の情報を集めて迎撃役になった右側も、どちらも私だ。どちらも私の記憶だしどちらも私の人格だった。

両方の記憶を併せ、この一件を振り返ってみると……多方面にだいぶご迷惑をおかけしている。暴走して翼を生やした左も悪いけど、左視点だと原因は右側だよ？　史上最大の左右喧嘩のせいで世界がヤバかった。

恥ずかしながら完全体で戻ってきました。

「このたびはご迷惑を――」

「またユミエラと会えて良かった。一人でいて不安じゃなかったか？」

私の謝罪会見は想定外の一言で中断となる。

そんな感動の再会みたいな場面じゃないでしょ。パトリック視点では再会じゃないし、私目線でも半分はそうだ。

「朝からずっと一緒にいたでしょ？」

「久しぶりに会えたユミエラでもあるんだろう？」

「そうだけど、わざわざ言わなくても――」

左頬に違和感を覚え、右手を添えると濡れていた。左目からだけ涙が垂れている。

「――ありがとう。ただいまパトリック」

パトリックに抱き抱えられたまま地上に降りる。

天空からの脅威も姿を消し、王都の混乱は収束しつつあるようだ。

久しぶりに二本の足で地面を踏みしめながら、私は気になっていたことを尋ねる。

「パトリック、さっきの口ぶりだと左右の私が合体する前に少し戦っていた雰囲気だけど……どんなバトルだったの？」

「……そんなに戦っていなかったからあまり憶えていない」

左右ユミエラ衝突の瞬間も忘れちゃうとかそんなことある？

パトリックが隠そうとしている何かを問い詰めようとしたところ、ちょうど戻ってきて近くに着地した勇者に声をかけられる。

「世界を救ってくれてありがとう。君の戦いぶりは圧巻だった」

「お陰様で左右がくっついたみたいです」

私が強いことを証明するために突っ込んだだけだし、そもそも世界の脅威は私だし……世界を救ったお礼を言われても受け入れがたい。

謙遜するような返しをしても、会話の過程で私のマッチポンプぶりが強調されるだろう。世界については言及しないで勇者と会話を続ける。

「良かった、元に戻れたのか」

「ところで私の戦いぶりというのは？」

「人間とは思えない凶悪さだった」

「左側の暴走してる方が？」

「両方」

そっか。パトリックがあまり言いたがらないクラスの激闘があったのか。

スタイリッシュかっこいい系バトルじゃなくて、血みどろコズミックホラーデスマッチ系のバトルだった気がするので詳細は聞かないでおこう。


私のアレコレはさておき、まずは一件落着。結果だけを見れば元通りなのでハッピーエンドで差し支えない。弛緩した空気が漂う中、勇者がふと呟く。

「さて、世界の脅威は去った。では僕の目的を果たすとしよう」

勇者の目的はよく分かる。左右が統合された今だからこそ細部まで見えてくる。

勇者、バルシャイン王国の初代国王は蛮族と見間違う粗暴な人物だった。その荒っぽい勢いのままに国ができてしまったは良いものの、彼の晩年には後悔が積み重なっていた。

魔王との仲違い、公爵になった弟があえて王家との敵対を始めたこと……バルシャイン王国は数々の犠牲の上で成り立った国だった。そんな間違った国を、勇者は自らの手で——

「バルシャイン王国を滅ぼすつもりですか？」

私の問いかけに勇者は大仰に頷いてから口を開いた。

「僕の目的は変わらない。奇跡的に現世に戻れたのだから、間違ったこの国をそのままにはできない」

「バルシャイン王国を無くして……その後は？　王様を一からやり直すんですか？」

「国亡き後の未来は、この世界に生きる人々が決めることだ」

国滅ぼして、後は勝手にどうぞ……ってこと？

勇者の目的って変なんだよな。バルシャイン王国を滅ぼすというタイトル部分を見れば極悪な印象を受ける。しかし彼の目的は、国民を虐殺することでも国土を蹂躙（じゅうりん）することでもない。ただ王国の体制を崩したいだけで、以降の展望はない。

それさ、やらんで良くない？

「ご覧の通り、バルシャイン王国は栄えてますし平和ですよ」

「それでもこの国の成り立ちが間違っているのは事実だ」

まあ、成り立ちが怪しいのは知ってる。でも国ってだいたいそんなもんじゃない？　各国の建国神話に文句言ってるみたいなので公言はしないけどさ。

勇者にはそういう説得をしても響かなそうだ。


彼をよく知る人なら説得もできるかもしれない。そんな、勇者のストッパーとして適役すぎる彼が現れた。近くに着地したので出てくるのが遅いくらいだ。そして……。

「然（しか）り。王は間違いしか起こさん」

魔王は、勇者さん説得チームの貴重な人員は、彼の言葉を肯定していた。

そんなはずない。一番反対してる人だったはずだ。黙って彼の言葉の続きを待つ。

「昔から王は間違いしか起こさん。これからも間違え続けるだろう」

ここで確信した。魔王は勇者を絶対に認めない！

しかし勇者も諦めが悪い。勇者と魔王の舌戦が始まる。

「薄明の国で僕は変わった。敵を倒す勇者として、国家を治める国王として、どちらの資質も備えている」

「変わってない！　外見と振る舞いが気色悪くなっただけで、お前の本質は一切変わっていない」

「僕のどこが――」

「空の障壁を突破するとき、お前は突っ込んだだけだろう⁉　ブラックホールのタイミングも我輩が合わせた」

怒りに震える魔王は、勇者の反論に被せるようにしてまくし立てる。

ディベート的にはルール違反だけど、ただ突っ込んだのは事実なので勇者の言葉も弱めになる。

「それは君なら合わせてくれると思っ――」

「共闘する気があるならば、声や視線の一つでも向けてみればどうだ？　お前はいつも、振り返らずに走り続けるだけだ」

「……それは僕の欠点だ。今後、直すように努めよう」

数百年の時をかけて変わり果てた勇者の、本質とも言える変わらない部分。

魔王はたぶん「絶対に直せない」と言うのだろう。しかし、私の予想は裏切られた。直せる直せないの両極とは、また違う答えを魔王は吼える。

「直すな！　絶対に直すな！　そのままでいろ！」

勇者のフォローを続け、先ほども文句をつけていた魔王は、勇者の悪癖を直すな！　と断言した。直せない、ではなく直すな！　と繰り返した。

だいぶ迷惑を被っていたはずなのに、直してほしかったはずなのに、彼はそのままでいろと感情のままに叫んだ。

私とパトリックは呆気に取られて、勇者までもがポカンとしている。

魔王は上がった息を整えてから、落ち着かせた声で言う。

「どうして分からない⁉　今のお前では建国なぞ夢物語だろう」

「今の僕なら昔よりずっと上手く立ち回れる」

「無理だ。いくらお前が正しく振る舞ったところで、小国すら作れまい」

「王が正しければ、皆が付いてきてくれる！」

今ばかりは勇者が正しいように感じる。

生前の、変化する前の勇者は明らかに国王に向いた人物ではなかった。戦うのは得意でも政治関係が壊滅的なのは誰もが認めるところだったはずだ。

民を導く王に相応しい輝く瞳の勇者に、魔王は何度も首を横に振る。

「無理だ無理だ無理だ。我らは間違いだらけの貴様だから背中を必死に追ったのだ。あの戦乱の時代に、皆が建国の夢を見られたのは、お前が馬鹿で乱暴で、自分勝手に己が道を走るヤツだからだ」

魔王の言わんとしていることが分かってきた。今のバルシャイン国王になるのならば、絶対に勇者（王様）の方が適任だ。勇者（蛮族）では貴族からも国民からも見放されて終わりだろう。

しかし当時は今と状況が違う。小国が乱立する荒れた時代に皆の先頭を走るのは、軟弱とも思われかねない勇者（王様）よりも、乱暴なエネルギーに満ち溢れた勇者（蛮族）の方だろう。

蛮族みたいなのに国王になれたのではなく、蛮族みたい「だから」国王になれたのだ。

勇者も思い当たるフシがあるようだ。目を瞑って黙々と思考を巡らせている。

彼は「確かにそうかもしれない」と前置きしてから言う。

「では今のバルシャイン王国を良しとするのか？　どれほどの犠牲に成り立っている国か、君はよく知っているはずだ」

「誰が犠牲になった？　面倒な仕事を丸投げされていた側近か？」

魔王の意地悪な問いかけに、勇者は言いづらそうにしながらも会話を続ける。

「……君も、国の犠牲になった一人だろう？」

「魔物の大群を対処するのは当然のことだ」

「まさか君は、僕を赦して――」

「勘違いするな。お前が彼女をかっ攫っていったことは恨み続けるぞ」

ストーカーの思考こわ。王妃様の件は冤罪だって。

流れ的に勇者は「そもそも君は脈なしだったから」と反論もできず、奥歯に物が挟まったような顔をしている。

本筋から逸れてるし、面倒くさモードに入ってしまった魔王に対し、勇者はどう向き合うのだろうか。しばしの沈黙の後、ついに勇者が口を開く。

「犠牲になったのは僕の弟もだ」

あ、話題そらした。

とりあえず魔王関連は措いておいて、ヒルローズ公爵家が背負った役目について勇者は語る。

「国のためにと、あえて王家と敵対する道を選んだ。この呪縛は今もヒルローズ家を苦しめているはずだ」

うーん、そうなんだけどね……あのね……。

ヒルローズ家が破滅への道を理解した上で進んで、多くの苦労があったのは事実だろう。でも公爵家は今――

「空が明るくなってますわ！　ユミエラさーん、もう大丈夫ですの⁉」

彼女でなかったら会話を聞いており、狙って登場したとしか思えない。でも彼女……エレノーラのことだから、本当にタイミングが完璧だっただけだろう。

外に出てきた彼女は勇者と魔王の存在に気がつく。人見知りしない元ヒルローズ公爵令嬢は、二人に向かって元気に挨拶をした。

「はじめまして、エレノーラですわ！」

「あ、ああ。よろしくエレノーラ」

ハイテンションお嬢様参戦に、勇者も戸惑いながら対応する。魔王は無視した、もしくは自分に向けられた挨拶だと思っていなかった。後者な気がして悲しいね。

エレノーラにペースを乱された勇者もすぐに持ち直す。手のひらで彼女を指し示して言う。

「彼女からは人の良さと、大事に育てられたことが伝わってくる。ヒルローズ家に生まれてしまえば、このような性格に育つことすら許されない」

許されます。例のヒルローズ家で許されて甘やかされて、こんな天真爛漫なワガママお嬢様が完成してます。

乱入お嬢様を利用して論理を補強しようとした勇者さん、盛大に自爆してますよ。

「彼女はヒルローズ公爵の娘です」

「え？」

「あ、もうヒルローズじゃないです」

「ん？」

「半年前に公爵家は役目を終えて消滅しています。最後の当主だった彼女の父も楽しそうに暮らしています。娘の彼女も……ご覧の通りです」

いつの間にかエレノーラは魔王の目の前まで移動していた。

ただでさえ近寄りがたい雰囲気を出している魔王が、これでもかと話しかけるなオーラを放っているが、全く物怖じしていない。

「真っ黒な髪が素敵ですわ！　わたくしはエレノーラです。貴方のお名前は？　どこから来ましたの？　ユミエラさんに雰囲気が似ているのは偶然？」

「………………そうだ」

魔王は押しに押されて、最後の質問にだけようやく答えられた。筆談させてあげて。やっぱキモいからやらないで。彼は放っておこう。

勇者は、諦めずに魔王にアタックを続ける天真爛漫の擬人化を見つめて、呆然と呟く。

「そう、なのか……？　彼女が弟の子孫………時代が移ろえばここまで変わるものなのか」

「そうです。公爵家の一人娘がこう育っちゃう時代です」

ロナルドさんに身分を隠させて王家に預けていたし、元ヒルローズ公爵は自分の代で役目を終わらせる気でいた。エレノーラの伸び伸び具合はその辺の事情も絡んでいる気がするけれど……わざわざ言わなくてもいいか。

少し事実誤認を招くであろう私の説明を真に受けた勇者は、噛みしめるように小刻みに頷く。その後、ハッと気がついた彼は質問してきた。

「もしや、バルシャインの王族も変化があったのか？」

「国王陛下はちゃんと王様ですよ。戦闘技術は分かりませんけれど、国の運営においては素晴らしいと思います」

口には出せないけれど、今の国王陛下を稀代の名君……と思ったことは無い。でもやるべきことは全部やっているというか……普通に信頼できる王様だと私は思っている。ちょっと偉そうな言い方になって嫌だな。

でもそんな感じ。人間としてというより、王の役目を十全に果たしてくれるという信頼感はある。もっと変な人、それこそ学生時代のエドウィン王子をそのまま大きくしたような人だったら、私はパトリックと仲良くなる前にバルシャイン王国から脱出していたかもしれない。

これだけ今の王国は大丈夫だと説明しても、勇者が納得する様子はなかった。

理屈じゃなくて、自らの感情の問題な気がする。

「いや、しかし、今の王国が良くとも土台が駄目では、僕は国王として――」

国王の単語を聞いた途端、魔王と一方通行雑談を展開していたエレノーラが反応する。勇者を注視してから、さらに驚く。

「国王様でしたの⁉　全くそうは見えませんでしたわ」

「この僕が王らしくないと言うのか⁉」

王様にしか見えない王様だと思ってたんだけど……どうやらエレノーラの中での印象は違ったようだ。こんなに王様っぽいのに、と勇者もショックを受ける。

私は服装だったり髪型だったり所作だったりで色々と判断してしまうが、そういう思い込みをせずフラットな判断をする彼女の考えは気になる。

「僕のどこが王らしくないのか、良かったら教えてくれるかな？」

「清濁併せ飲まなければいけないのが王様ですもの。それが出来ないと理解して国王の道に進まなかった方もいらっしゃるくらいですわ」

なるほど。清濁の濁も濁なパパがいるだけのことはある見解だ。

エレノーラの主張通り、今の国王陛下は必要とあらば誰かを犠牲にする選択を取れる人だろう。

それが無理な人……つまりは勇者や、補足説明の必要は無いのにわざわざエレノーラが例として出した誰かだったり、清濁の清の部分だけの人間では国王を務めるのは厳しいかもしれない。

勇者は、国王の道を諦めた誰かのことが気になる様子だ。でも聞かない方がいいよ。絶対に長くなるよ。

「王への道を諦めた彼は、ではどの道に進んでいる？」

あーあ、聞いちゃった。第二王子殿下のこと聞いちゃった。長ーくなるぞ。

「あの方が進んだのは自らの正義を信じて、ただ突き進む……いわば勇者と呼ばれる道ですわ。たまに間違った方に進むこともありますが、良さの裏返しであるとわたくしは考えています。そういう少し……独善的？　な方だからこそ救える人々も沢山いると思いますわ。その特徴の悪い面が出たときに、止める仲間がいれば問題なしですわ！」

光あふれる笑顔でエレノーラはそう言い切った。

彼女はエドウィン王子と香水のことになると急に頭が良くなる。この二点が関係するときの彼女の地頭の良さは、私やパトリックを凌駕（りょうが）していても不思議ではない。

先程までのぽわぽわお嬢様からの変貌（へんぼう）と初対面だった勇者は、呆気に取られて、言葉を噛み締めて、ガックリと肩を落とした。

「そうだった、僕は振り返らずに進み続けていた。そんな調子ではまともな国家を作れないと思っていたが……僕の欠点を補ってくれる人は沢山いた。君もそうだったね」

勇者が魔王を見る。

まさかのエレノーラが説得を成功させたわけだが、それを一番望んでいたはずの魔王の対応は素っ気の無いものだった。

「欠点を補う？　気取った言い方だな。あれはガキの尻拭い(しりぬぐ)いの類だろう？」

「ガキの尻拭いだと？　俺に付いてくるだけで精一杯なお前に言われたくねぇよ」

え？　え？　いま魔王の後に喋(しゃべ)ったの誰⁉

魔王とエレノーラが驚いてないので、思わずパトリックと顔を合わせる。彼も不思議そうな顔をしていた。

だよね？　いま会話に乱暴な人が紛れ込んでたよね？

びっくりしているのは私とパトリックだけだ。

魔王は平然と会話を続ける。これまで何度も似た会話をしたような、これこそがあるべき形であるような、そんな自然な様子だった。

「貴様の身勝手な行動に、どれだけ周りが苦労したと思っている？」

「俺は頼んでねえから。お前らが勝手にやっただけだから礼は言わねぇ」

「もう付き合いきれん」

ええっと、一件落着……なの？

ここまで長かった……。いつの間にか日は傾き、夕日は沈み終わろうとしている。

薄明かりの世界を西へ。魔王は私達に背を向けて歩きだす。

すぐに勇者が追いつく。薄明かりの逆光に二人の背中が並んでいるが……あれ？　私は目を擦って再び勇者の後ろ姿を観察する。

首には上品さとは無縁の毛皮を巻き、動きやすそうだがだらしない服に身を包み、叩き切ることに特化したナタのような剣を腰にぶら下げていた。

「おい、俺より先を歩くな！　どこに行くんだよ？」

「付いてくるな」

「んじゃ、おさきー」

「……ん？　待てお前！　その顔は!?」

勇者は魔王を追い越して、先頭を振り返らずに歩く。

赤い光を放つ西の地平に向かって、彼らは歩み続けた。

「ずっと日の出前だと思ってたんだがなぁ……あの赤く焼けた空は夕日だったか。日は昇らず、沈んでいくだけだ」

「当たり前であろう。あれだけ昼に駆け回ったんだ。夜になれば寝入るのが当然」

「……最期にお前と歩けて良かった。あの頃は、悪くなかったな」

勇者は最後まで振り返らなかった。

振り返らずに太陽と同じ方向に進み続けた。少し後ろから魔王が追いかける。

そして、薄明かりの空は段々と闇を増していく。日の当たる場所を進み続けた彼らに、もうすぐ夜がやってくる。

「じゃあな！　迷惑かけた！」

その言葉を最期に、勇者と魔王の体が崩れだす。

薄明の国の住民が満足したときのように、肉体が砂に分解されていき、ついには、姿形は消え去った。

日没後、でもまだ明るい僅かな時間があって良かった。

昼と夜の中間、全てが曖昧な薄明かりの時間があったから、勇者と魔王は最期にもう一度並んで歩けた。

もう夜だ。西の地平線の薄明かりは消えてしまった。沈んだ太陽が戻ってくることはない。

エピローグ

分裂騒動から一週間。ドルクネス領に戻り落ち着いてきた頃だ。

勇者と魔王は成仏……？　という言い方で合っているのかは不明だが消えてしまい、私は左右の体を取り戻した。

生き返るって問題かなと死んだ方の私は考えていたが、死んでるのが半分だけって知らない状態での結論だったし、なんか暴走のあれこれでうやむやになっていた。

結婚式なる、これまた一騒動起きそうな予感しかないイベントが控えているので、この騒動が一日で落ち着いて本当に良かった。

とはいえ、左右超大戦は私の両側にとってだいぶ負担だったようだ。その左右の疲れを同時に受け取ることになって、この一週間はあまり活動できなかった。

だいぶ回復してきたので明日からは通常通り仕事に戻ろうと、たった今パトリックと相談をしている。

「もう元気だよ。体よりも頭の負担が大きくて……二人分の記憶が一気に来たから」

「左側は、早々に勇者と魔王に会っていたんだろう？」

「んー、その前に他の人にも会ったりしてたよ。私を怖がらない三毛猫とか」

「それ本当に猫か？」

パトさん鋭い。その三毛猫はおじさんです。

猫兄弟の話はもう少し落ち着いてから話そうかな。あのショッキングな猫耳おじさんたちを思い出す負荷、信じてもらえるかも含めてだいぶ疲れそうだ。

あの兄弟は薄明の国で再会できて、弟さんの嘘旅行記についても打ち明けられて、良い結末だったのだと思う。

勇者と魔王に関しては……。

「パトリックは二人が死後に再会できて良かったと思う？」

「生前の後悔が無くなったんだから、良かったんじゃないのか？」

「そう……だよね」

太陽と共に消えてしまった勇者と魔王は、かつて憎み合った仲にはとても見えなかった。

勇者は何百年も薄明の国に、魔王は何百年も封印され、相当な時間がかかったが最期には仲良し……かはともかく、元の関係に戻ったように見えた。

ついぞ見られなかった蛮族フォルムに戻った勇者の顔を想像していると、パトリックが感慨深げに呟く。

「まさか死後の世界があったなんてな」

「レムンに説明された通り、何の意味があるのかよく分からない所だけどね」

薄明の国の存在理由は不明だ。

私のような例外が無ければ生き返れるでもなし、生前の後悔を一人でひたすら抱え続けるのは人によっては地獄かもしれない。

それでも、薄明の国があったから救われたように見えた人々を見てきたからこそ、存在理由に疑問を持てど、薄明の国を否定する気にはなれなかった。

「何があったのか、そのうち聞かせてくれ」

「うん……元気があるときに猫耳のおじさんの話をするね」

「元気が無くなりそうな話だな」

「落ち込んでいるときだと耐えられないと思う」

聞くと言った手前、断れないパトリックが渋い顔をする。

今からでもしようか？　猫になりたがった兄弟おじさんの話もあるし、現実と絵画を入れ替えて写実的な抽象画になったお姉さんの話もあるぞ。全部、正気度が削られるぞ。

嫌な気配を察知したパトリックは話題を変えてきた。

「ユミエラは色々と騒動を引き起こすが、まさか左右に分かれるとはな」

「左右が予想外なら、上下は想定内だった？」

「じょうげ……？」

次は上下で分裂できないか試そうかな。今度は片方が死なないようにできそうな気がする。

やるって言ったら止められそうなので、パトリックには言わないでおこう。

そう言えば、猫耳おじさん……またの名を不遇の調香師ヨンラム氏についてエレノーラにまだ話していなかったことに気がついた。

私はパトリックに一声かけて、エレノーラの下へと行ってみる。

「エレノーラさまー！」

屋敷の自室にエレノーラはいた。

彼女は私を見るやいなや、見覚えのない物体を私の顔の前に差し出してくる。

これ……何だろう……？　紐の先端に金属製の重めのボタンが付けられている。彼女はそれを摘んで、ゆらゆらと振り子のように揺らし始めた。

「ユミエラさん、あなたは、だんだん、眠くなーる」

「ならないです」

催眠術だった。金属ボタンは五円玉の代用だった。この国は穴あき硬貨が無いからそうなってるんだ。

私も知らなかった、前の世界と同じタイプの催眠術。エレノーラはどこで情報を仕入れてくるのだろうか。しっかし……こんなので催眠にかかるわけないじゃん。催眠ってのは耳元でカウントダウンされてかかるもんだぞ。

でもエレノーラに囁かれると不意の大声で鼓膜を破壊されそうで怖いなぁ……。

私がくだらないことを考えている間も、エレノーラのくだらない催眠術は続く。

「眠く眠く眠くなーる」

「ならないですって」

「ユミエラさんは効きづらいタイプかもしれませんわね。他の方に試してみますわ」

こういうのに引っかかるのは単純で素直で頭がちょっと悪い人だけだよ？

でも、単純で素直で頭がちょっと悪い人って、身近にそんなにいないからなあ。


さて本題に入ろう。エレノーラも別に本気で催眠術を習得したいわけではない。ただ暇なのだ。

「エレノーラ様が禁書庫で見つけた黒い手帳の香り、憶えていますか？」

「もちろんですわ！　あれは絶対にヨンラム氏が調香したものに違いありません！　夕暮れの寂しい砂漠の中、穏やかに過ごす住民……優しい死後の世界のような香りがいたしました」

こっわ。エレノーラちゃんって薄明の国の光景を知らないし、猫耳おじさんの香水解説も聞いてないんだよ？　香りオンリーでその精度で言い当てられるって……やっぱすごい人だ。アホみたいな催眠術をやり始めるけど。

エレノーラってヨンラム氏の大ファンだから……直接会ったってなんか言いづらいかも。しかも憧れの調香師は猫耳生やしたおじさんなわけだし。

私がエレノーラに何を伝えるか決めあぐねていると、彼女は続けて語る。

「それに、あれは本物の香りでしたわ。夕暮れの砂漠にヨンラム様がいらっしゃって……たぶん本人が気づいてないだけで、近くに弟さんもいらっしゃって……最後は二人で世界を旅できるといいですわね」

「………こわっ」

心中だけの呟きのつもりが、思わず小さく声に出してしまう。

なんで？　どうして弟の三毛猫まで分かるの？　催眠術で私の記憶が覗かれてた？

最終的に勇者を説得できたのはエレノーラのエドウィン大好き成分だし、現世と薄明の国で連絡が取れたのもエレノーラが香水のついた魔王の手帳を発見したからだ。

この一件、ＭＶＰは彼女だったのかもしれない。


左右の記憶を合わせて新たに判明したことも色々ある。王城地下に眠る人魚のミイラの制作者は初代国王であることもそうだ。

しかし一番の発見は魔王の手帳だ。装備品扱いで死後の魔王と共に薄明の国に持ち込まれた手帳と、魔王封印後に禁書庫で長らく保存された手帳が同期していた。その発端はおそらく、魔王が自分の手帳に香りを付けたことなのだ。

現世と薄明の国で、同じ物が二つ存在する手帳を結んだのは、ヨンラム氏の香水だった。

確かレムンも、現世と薄明の国を行き来できるのは匂いだけだと言っていた気がする。

「エレノーラ様は分かりますか？　薄明の国に行き来できるのが香りだけの理由」

「そんなの簡単ですわ」

え？　科学では説明できない、少し不思議なコトだと思っていたのでエレノーラの即答は意外だった。

しかし、香水が関わるときのエレノーラならスーパー理解からのハイパー考察も可能かもしれない。香りだけが特別である論理的な理由はすごい興味がある！

続く彼女の言葉を、私は息を飲んで聞き入った。

「それは……香りが一番、人の心に残るからですわ」

「そっすか」

お洒落（しゃれ）なフワフワ回答だった。

じゃあエレノーラにはお礼にこれをあげよう。

「どうぞ、お土産です」

「これは……？」

エレノーラに香水の瓶を渡す。

暴走した左ユミエラが持っていた例の香水は、両側合わさった私のポケットに入っていたのだ。

薄明の国から持って帰ってこれた唯一のお土産だった。

私はすぐにエレノーラの部屋を後にする。

死の断末魔と聞き分けが出来ないエレノーラのはしゃぎぶりを背に受けながら、この音の方が心に残る気がすると私は思った。

手持ち無沙汰になったので、私はずっと考えていたことを実行に移す。

私は今回、左右に分裂してしまった……のではなく、分裂することが出来たのではなかろうか。

死んで分裂したのではなく、分裂して戦った結果として左側が薄明の国に行ったのだ。

だから私は頑張れば、分裂や分身ができるはずだ。

しかし分裂も分身も、ちょっとイメージが難しい。分裂したときの感覚を憶えていないので取っ掛かりすら掴めない状況だ。

どなたか左右に分裂する方法に精通している方がいたらお便りください。

じゃあ羽の方を試してみよう。あの感覚はちょっと憶えている。

背中からぐにょにょーって感じだったはずだ。

あのときを思い出しながら試行錯誤を繰り返していると、パトリックに声をかけられる。

「今度は何を？」

「分裂とか分身を意識してやるのは無理そうだったよ」

「そうか。残念だな」

分裂を試したこと自体が彼的にはビックリ発言だったはずなのに、慣れた調子で返された。

ほんとに残念って思ってる？　でも大丈夫。そんなパトリックに、嬉しいお知らせです。

「羽の方はもう少しでいけそうなんだよね。背中がちょっとムズムズする感じがするの」

「………………背中が痒いだけだろ？」

「いや、もっと独特な感じだから！」

パトリックはおもむろに私の背中をかきはじめた。

いやいや違うから。もうそろそろイケそうなんだ羽。

それを邪魔するように、パトリックは私の背中をかき続けた。そして耳元で囁かれる。

「痒いだけ痒いだけ、ユミエラは背中が痒いだけ」

「だから――」

「背中が痒い、背中が痒い、ユミエラは背中が痒い」

「……痒いだけな気がしてきた！」

私は背中が痒いだけだったんだ！

確かにすごいムズムズする。

羽は気のせいだったし、パトリックから単純で素直で頭がちょっと悪いヤツだなぁという視線を向けられているのも気のせいだ。


窓の隙間から冷たい風が吹き込み、黒髪の毛先がわずかに揺れた。

もうそろそろ建国祭だ。勇者と魔王の作った国が、また一つ歳（とし）を取る。

番外編　完璧デートプラン

デートとは何か。食事でも買い物でも観劇でも、二人の人間が出歩くとデートらしい。

いや、家デートって言葉もある。出歩くことはデートの必須条件じゃないようだ。

「ですので、ダンジョンデートってのもアリだと思うんですよね」

「ナシですわ」

じゃあダンジョンデートはデートに非ずってこと？

エレノーラから、パトリックとの最近のデート事情について尋ねられたが、出せた回答がダンジョン以外に無かった。ちょっとしたお出かけで色々行ってるはずなんだけど……。

「あ、喫茶店でカルボナーラ食べました。食後にコーヒーも飲みましたよ」

男女が喫茶店で食事は完璧にデートだ！　これで恋バナモンスターのエレノーラも納得するはず。

しかしダンジョンデートも認めぬ彼女は、喫茶店デートにすらケチをつけようとしてきた。

「そこに行く時、ユミエラさんはお洒落して行きましたか？」

「……何日も前に着た服なんて覚えてませんって」

「デートに着て行った服はいっぱい悩んだ分、忘れるはずないでしょう⁉」

いっぱい悩んでないから記憶に無いんすね。

オシャレしてないから、という未知のルールを適用され、私が披露したデートエピソードはそもそもデートですらなかったことが判明した。

こうなった私はもう開き直るしかない。

「じゃあパトリックとは、長らくデートしてないですね」

「そんな……⁉　お二人の仲は良好だと思っておりましたのに」

エレノーラのデート当たり判定が小さいのが原因なんだけどね。

彼女がデートの認識範囲を広げればいいだけなんだけど……エレノーラ様はどうやらまた別な解決策を思いついたようだ。表情を綻(ほころ)ばせて言う。

「わたくしがデートプランを考えますわ！」


エレノーラが考えるデートプラン……すごく面倒な予感がしたけれど、意外と楽しいかもしれない。普段は積極的に訪れないスポットに行ける良い機会だ。

少しして、エレノーラからメモ書きを渡される。デートの工程表と思われたそれは……何故か三枚あって、何故か複数の日付が書かれていた。

「これはつまり、結局……どこに行くんですか？」

「一枚目はまだ準備段階ですわ。当日は二枚目と三枚目」

すごく面倒な予感がして、実際にすごく面倒な、捻(ひね)りの無いパターンだった。

いや、箇条書きしたやることリストと同じで、何となく眺めると大変に思えても、やることを一つずつ片付けていけば意外と早く終わるパターンかもしれない。

何はともあれ、まずは一行目だ。私はエレノーラ考案のデートプランを確認した。

『誘われるのを待つ』

え？　こっちがプラン考えるんだから、私から誘うんじゃないの？

まあいいか。待つだけなんて楽なことはない。じゃあ私は最近流行の兆しを見せているカードゲームのことを考えに部屋に戻りますね。

自室に向かおうとすると、エレノーラに腕を掴（つか）まれる。

「パトリック様に誘われるよう、ユミエラさんも頑張らないとダメですわ」

「……誘われるよう頑張る？」

新たな概念かな？

誘われるように頑張る……という謎概念についてエレノーラから説明を受けた。つまりデートは男性から誘うべきだから、女性は誘って欲しいアピールをしまくるべき。

……みたいな内容だった。それをエドウィン王子に対して実践した結果はどうですか？　とはとても聞けない。

やだなぁ。「明日、私やることないんだよね」「この映画気になってるんだけど行く人いなくて」って感じのことを言えってことでしょ？

やることないならゲームすればいいし、気になっている映画は一人で行く。

あとパトリックがそういうアピールに気がつくとは思えない。彼が鈍感という意味ではなくて、私がそういう誘い方を絶対にしないとパトリックはきっと理解しているからだ。


私はパトリックの部屋に入った。すぐ外ではエレノーラが息を潜めているはずだ。

「パトリック、いま大丈夫？」

「ああ、問題な……」

部屋で書き物をしていた彼は振り返って、言葉を途中で区切る。

おそらくは私が無表情で持っている紙を読んでいるのだろう。私は無表情のまま、文字の書かれた紙を両手で摘(つま)んでいたのだ。

紙にはこう書かれている。

『会話はエレノーラに聞かれている。デートに誘って』

これだけで状況の全てを飲み込んだのか、彼はエレノーラがいるのだろうかとドアに視線をやり、すぐに言った。

「ちょうど良かった。最近あまり二人で出かけられてないし、デートに誘おうと思っていたんだ」

「え、パトリックとデート？　誘ってくれて嬉(うれ)しいな」

「いつがいいだろうか」

「うーん、一週間後くらいがいいかも」

「分かった。それじゃあ一週間後に二人きりで出かけよう」

補足すると、この会話の最中ずっと、私はいつも以上の無表情を発揮していた。釣られてかは分からないがパトリックも表情が乏しくなっていた。

このラブラブな恋人みたいな会話で笑顔になっているのは、おそらくドアに耳をつけているエレノーラちゃんだけだ。


とりあえず私とパトリックのスケジュールは確保できた。誘われる段階はクリア。

エレノーラ作の工程表の二行目を確認する。

『着ていく服を一週間考える』

このペースの進行じゃ納期に間に合わねーぞ。

デート前日。
この一週間、ずっと着ていく服について考えていた。議題は、いつものワンピースかそれ以外か。
エレノーラの提示したデート要件は一週間悩むこと。いつものか否か、ちゃんと悩んだので条件は満たしている。悩んだ結果としていつもの服になっても、ちゃんと悩んだ実績は残ったままだ。

あと前日までにやっておかなきゃダメな指令は一つだったはずだ。エレノーラのメモを確認する。

『前日は早めに寝ようとするがドキドキして全く寝付けない』

入眠方法も指定されるんすか？

エレノーラの指令を完璧に遂行する私は、ちゃんと早めにベッドに入り、ちゃんとドキドキ――

――めっちゃ寝た。

いや、寝てない寝てない。ドキドキして全く寝付けないんだった。あまり眠れてないので体も不調で、寝すぎて逆にダルくなったときに似ている頭の重さを感じている。

よし、寝不足で迎えたデート当日。待ち合わせとやらは昼前なのでまだまだ時間に余裕はある。

たしか、待ち合わせ前の準備編がすごい長かったはずだ。しっかり一つずつミッションをこなしていこう。

エレノーラのメモ、まずは服装についてを見る。

『二着のどちらかで悩んだ末、ギリギリで浮かんだ三つ目の選択肢にしてしまう』

……進行不能バグだ！　私はいつものワンピースかそれ以外かの二択で悩んでいた。いつもの、それ以外。プラスで三つ目の選択肢……？

Ａでもない。Ａ以外でもない。この二つの条件を満たすモノってなーんだ？

まさかエレノーラのデートプランに虚数の概念が登場するとは思わなかった。マイナスの平方根は常人には想像できないように、着るべき服の存在を私は確信できなかった。

しかし、このメモ変だ。『二着のどちらかで悩んだ末――』と書いてある文章は、なぜか横線で消されてた。その下に並ぶ『髪型は――』『お化粧は――』のメモも同様に打ち消し線が引かれていた。

数行の消された指令の数々、その下に消されていない文章があった。文字の主張が強い。

『どうせやらないので、わたくしがやる！』

「ということで、全部わたくしがやりますわ」

良すぎるタイミングでエレノーラがやってきた。メモだけじゃなくて直接介入も始めるらしいです。メイドのリタを伴った彼女は、私の数千倍の気合が溢れていた。

「ユミエラさん、お洋服は？」

「いつものワンピースか、それ以外かで考えていました」

「やっぱり論外ですわ！　大丈夫、全部わたくしたちでやりますから！」

そんな、一週間頑張って考えたのに……論外は酷い。

ハローワールド。私はユミエラ・ドルクネスです。私は着せ替え人形です。エレノーラとリタ、二人の女の子に服も髪も顔も、好き放題に弄り回されています。

「あとどれくらいですか？」

「そろそろですわ」

「さっき聞いたときも、そろそろって言ってましたよ」

「それは前に答えたのが一分前だからですわ」

このやり取り、六十回はやっているので最低でも一時間経っているはずだ。

私は時間感覚がおかしくならないように、一分ごとのルーティーンとして、まだ終わらないかの質問をしていた。

海自が金曜日にカレーを食べるのと一緒だ。一分ごとに質問をすることで私は正気のままでいられる。

「あとどれくら――」

「もう一度その質問をしたらユミエラさんのこと嫌いになりますわ」

え⁉　それは困る。いつも「すきすきすき」連呼してくれるエレノーラちゃんから「嫌いよ」って言われたらビックリして心臓止まっちゃうし、肝臓カチコチだし、肺も真っ黒になる。内臓ダメージがレベチだ。

宇宙服は着るのに何時間もかかるという噂だ。宇宙開発の現場で船外活動を任されたことがないので、私に噂の真偽は分からない。でも経験したことなら断言できる。ドレスは宇宙服くらい着るのに時間がかかる。

というわけで着替えのタイミングになって身構えていたところ、エレノーラが持ち出したのはただのワンピースだった。

「……あれ？　フリフリのドレスじゃないんですか？」

「ユミエラさんは装飾の少ない服の方が似合いますわよ？　ふりふり着たいんですの？」

「フリフリじゃないにしろ、ドレスだと思ってました」

「普段の延長線上で、目いっぱいオシャレするのが最高なんですわ」

なるほど……？


待ったかいもあって、普段の延長線上コーデ完成です。

服装はワンピース。冬なのでタイツとブーツを合わせてます。私自身に見覚えのない服なので、たぶん今回のデート用に下ろした……リタが。

髪型はいつもと変わらない。形状は変化なしでも、工程が増えただけあってサラサラ度が五割増しだ。

お化粧は……色々した。ナチュラルメイクなるものらしいです。化粧はそもそも生物的に不自然な営みだ。故にナチュラルメイクを直訳すると自然不自然となる。

自然不自然？？？　の成果は自然な仕上がりだった。


しかし、これまでかかった時間を考えると、本当にこれは普段の延長線コーデだろうか。

普段の延長線上にこれがあるとは思えない。ユミエラ・ドルクネスの延長線に実際に存在するのはTシャツとジャージズボンのコーデだと思う。


さて、どうやら地獄の準備は終了した。あとは出かけるだけだ。

エレノーラメモの次段階に目を通す。

『待ち合わせには遅れずに、少し遅れる』

……どっち？　文章の前半を読むと「遅れずに」と書いてあるから遅刻厳禁ってことだろう。んで後半には「少し遅れる」とハッキリ書いてあるから遅刻しろって意味のはず。

「これ、どっちですか？」

「遅れない範囲で少し遅れるってことですわ。たぶん今から向かうとピッタリです」

結局どっちなのか、エレノーラの言葉の真意は理解できなかった。でも今ならオッケーなのか。

「じゃ、行ってきますね」

「ちょっと待ってください。最後の仕上げですわ」

そう言ったエレノーラに頬にポンポンでポンポンとされる。ポンポンの正式名称が分からないから化粧道具と擬音語が被（かぶ）っちゃったぜ。

「これは何ですか？」

「頬がちょっとだけ赤くなりますわ」

　頬が少し赤くなって……だから何なの？

◆　◆　◆

　どうもエレノーラ嬢が俺たちのデート計画を立てたらしく、それに付き合う形だ。普段のユミエラなら寄り付かない場所に行けるならいいかと軽く考えていたが、俺はエレノーラ嬢を少し見くびっていたようだ。

　俺は屋敷の玄関付近でユミエラを待っていた。

　待ち合わせにやって来たユミエラは、毎日会っている俺が見惚れるくらい綺麗だった。

「おまたせ、待った？」

「……い、いや、さっき来たばかりだから気にするな」

　俺は動揺を隠せていただろうか。

　ユミエラの雰囲気もいつもとどこか違う。彼女の頬が少し赤くなっているのは気のせいだろうか。

　自分の頬が真っ赤になってないかが心配になる。

ユミエラの言動はいつも通りだったが、俺の方が不思議と緊張してしまい、会話が少しぎこちない。

違和感を持たれないように取り繕っているうちに、最初の目的地である喫茶店に到着した。ここもエレノーラ嬢が指定した場所らしい。

「ここみたい。エレノーラ様が好きそうな感じ」

「ああ、そうだな」

店の外観もそうだったが、内装はもっとだった。入店した瞬間、洒落(しゃれ)た……いわゆるユミエラが敬遠するタイプの喫茶店であることを確信する。

実用性を重視する気風が強いアッシュバトンで生まれ育った俺も、都会由来のこの価値観には驚いた。そして未だに馴染(なじ)まないものではあるが、彼女は輪をかけて苦手意識を持っている。

ユミエラも苦手な所に入ってしまったと気がついたようだ。俺の袖(そで)をそっと摘んで、不安げに周囲を見回していた。

ダンジョン深層も軽い足取りで進む怖いもの知らずのユミエラと、慣れない場所に緊張する今のユミエラ。まるで別人のようだ。

ユミエラをどうしようもなく好きになってしまったのも、それが原因だ。思考も行動も常軌を逸している彼女が、たまにふと、同年代の少女らしい反応をする。その差異が堪(たま)らなく愛おしい。

珍しいユミエラを見られただけで来たかいがあったな。

待機していた給仕に席へと案内される。黒髪を見てユミエラだと気づいたはずの彼女は、表情一つ変えなかった。

歩きながら、既に袖から手を放していたユミエラにそっと耳打ちをされる。

「気をつけてパトリック。ここは飲食店ではなくて、パンケーキ撮影会場かもしれないわ」

意味は分からなかった。ただ、パンケーキ撮影会場の語感はまあまあ気に入った。後で撮影の意味を聞いてみようかと考えつつ、案内された二人掛けの席に腰かける。

給仕は革張りのメニューを開き差し出し、一番上の文字列を指差して言う。

「こちらのカップル限定ドリンクはいかがでしょうか？　数ヶ月前から出し始めて、今では当店で一番の人気商品です」

「いりません。確かメニューの指定もあったので」

カップル限定の商品を即答で断ったユミエラは、エレノーラ嬢のメモ書きを確認する。

該当箇所を見つけたらしい彼女は、表情を曇らせて注文をした。

「……カップル限定ドリンクをお願いします」

一度は断ったのに、再度自分から注文する。メモを確認していなかったせいでユミエラはユミエラらしい謎の発言をしたが、給仕は顔色一つ変えずに返礼をして下がっていった。

給仕の姿が見えなくなってから向かいに腰掛けた彼女が首をかしげる。

「カップル限定ドリンクって何？」

「さあ？　二つセットの飲み物じゃないか？」

「温かいのか冷たいのかも分からないじゃん。パトリックはどっちがいい？　私は冷たいの」

「俺は温かい方だな」

カップル限定ドリンクがどんな代物であれ、どちらかの希望は叶わないことが確定した。

俺とユミエラの嗜好はまるで違う。ここまで綺麗に分かれるかというくらい、好みは違うことが多かった。これからずっと一緒にいることを考えると、少しばかり不安に思う。

逆に共通点はあまり思いつかない。どちらも戦闘が得意ではあるが、戦闘スタイルは全く違う。何事もそんな調子で、共通項に思えても突き詰めれば別物になってしまう。なおさら不安に感じている。

手持ち無沙汰になった時間、ユミエラは手で四角形を作り覗き込んでいる。風景画の画角を思索する画家のような動きだった。

「パンケーキを撮るならこの角度かな」

「小腹が空いているなら追加で何か頼もうか？」

「別にパンケーキが食べたいわけではないよ？　……あ、微妙にパトリックが写り込んでいるとポイント高い」

全く分からない。おそらく彼女が前にいた世界の何かだとは思うのだが……もう慣れた。

重要な事柄であるならユミエラは俺にも分かるように説明するだろうから、これはどうでもいい会話なのだろう。

程なくして給仕が現れる。盆に載っているのは恐らくオレンジジュース。贅沢なことに氷がふんだんに浮いている。ストローも珍しい。

それを見たユミエラが小声で言う。

「グラスに果物が刺さってると高級な感じするよね」

ジュースの原料であるオレンジを切ったものより、氷やストローの方がずっと値段が張るものだと思う。微妙にズレた金銭感覚を指摘しようとしたのだが、俺の目は出されたグラスに釘付けになった。


二人分の飲み物を頼んだはずなのに出てきたグラスは一つ。ストローだけが二本。

絡み合ったストローを見つめて、ようやく俺はカップル限定ドリンクの意味を理解する。実物を見れば簡単なものだが、発明した人物のひらめきは尊敬に値する。

給仕が「ごゆっくり」と言って捌けてから、ユミエラはため息をついた。

「はぁ、こういうやつね。ありきたりすぎ」

「俺は初めて見た」

「私も実物を見るのは初めてだけど……ちょっと味見してみるね」

ユミエラがストローを咥(くわ)える。

俺も今からこれを飲むのか。俺とユミエラの方に突き出されているストローは、グラスの外周をわずかにはみ出るほどの長さしかなかった。必然的に顔は近くなり――


ズゾッ！　ズズッゾゾゾッ！　ズズズズ……。


閑静で甘い雰囲気の店内が、品の無い音で台無しになる。

オレンジ色だったはずのカップル限定ドリンクは、グラスと氷で半透明になっていた。

「……量が少なくない？」

一瞬で全てを飲み干した彼女は、悪びれる様子もなくそう言う。確認すれば、ユミエラを見ても眉(まゆ)一つ動かさなかった給仕が目を見開いていた。

ユミエラは店内を見回してその給仕を見つけると、軽く手を上げる。

「すみません、これもう一つお願いします」

追加を頼んだのだからユミエラにもやり直す意思はあるはずだ。

先ほどの出来事は夢だと思い、今から出てくるものを二人で飲もう。俺はそう思い直したのだが、二杯目が来てからのユミエラの一言に心が砕かれた。

「ごめんね。私ひとりで飲んじゃって。これパトリックの分」

「俺だけで飲めと？」

「あ、のど渇いてなかった？　残しちゃったときは私が飲むから大丈夫」

　カップル専用ドリンク考案者の思惑にユミエラは意地でも乗らないつもりだ。ひとたびこうなってしまった彼女は手強（てごわ）い。明らかに二人用を想定しているこれを俺ひとりで飲み干すのか……。

　意気消沈している俺をよそにして、ユミエラはタイミングを見計らうように何度も、長い黒髪を耳にかける。そして、緊張した様子でグラスに口を近づけた。

「パトリックが残したときを見越して、私は待機しておく」

　そう言ってストローを口に含む。オレンジジュースの量に変化は無い。本当に待機しているだけ、ストローを咥えているだけ。

　これはつまり、そういうことだ。顔が一気に熱くなるのを感じた。

　熱くなった顔に冷たいオレンジジュースは丁度いい。だが温かい飲み物が良いと言った手前、ゆっくり時間をかけて飲もう……変に理由を練って遠回しな表現をするあたり、俺とユミエラは似た者同士なのかもしれないと思いながら、俺はストローに顔を近づけた。

◆　◆　◆

　なんだあの店！　カップル限定ドリンクってなんだよ！　エレノーラが指定する店だからもっと警戒しておけば良かった。

　しかし、私は商品のコンセプトには一切乗らなかったぞ。全てがエレノーラの思い通りになって

たまるか。

　私はジュースを一気に飲み干し、追加のジュースもパトリックが残したとき用にストローを咥えたまま待機していただけだ。

　ええい、次だ次。目的地をメモで確認する。これは……どうしようかとパトリックにもメモを見せる。

『どちらかの趣味のお店に行く　※好きな人の趣味なので絶対に興味を持つ』

「これ、どうする？」

「ユミエラの好きな店でいいんじゃないか？」

「いいの？　遊戯マスターギャザリングバースの店でも大丈夫？」

「それが何かは分からないが……せっかくの機会だから俺も興味を持つよう努力しよう」

　やった。あの店にパトリックと行くのは初めてだ。あそこは男の人が多いから、きっとパトリックも興味を持ってくれるはず。

「カタパルトオールグリーン！　嵐の化身よ全てを滅せよ！　行け、スクランブル召喚！　暴風機

竜ジーナスイレブン！」

「スクランブル召喚⁉　ユミエラ氏は手札に暴風機竜がありつつ、さっきのターンに何もしなかったのか⁉」

「このタイミングで召喚することで、暴風機竜ジーナスイレブンの効果発動！」

「ぼ、僕の超獣要塞（ようさい）がぁあああ」

相手が油断して攻勢一点になったおかげで隙が出来た。私のスクランブル召喚は見事にハマり、あとはプレイヤーのＨＰを削るだけだ。

盤面は逆転して私が有利になったが、勝敗が決したわけではない。お相手氏は最後まで諦（あきら）めず、自分の手札を血眼になって凝視している。

「……手札ばかり見ていて大丈夫ですか？」

「何を言って……まさか⁉」

「呪文カード、発動、憐憫（れんびん）と悲哀の戦略爆撃！　これで私の暴風機竜の攻撃力がプラスされます」

「ぴ、ピッタリだ。まさかここまで考えて……？」

勝った。ピッタリーサル、お相手氏のＨＰは丁度ゼロになる。

私たちがやっていたのはお遊びではなく本当の決闘だ。ＨＰを全て失った彼は当然…………負けたから悔しそうだった。

「対戦ありがとうございました」

「対ありです。いやぁ、流石（さすが）はユミエラ氏」

「一ターン仕掛けるのを待たれていたら、たぶん私が負けてましたよ」

「負ける覚悟の温存を見抜けなかった僕の落ち度です」

戦いは礼に始まり礼に終わる。お互いの健闘を称賛した後、見学者の存在を思い出した。お相手氏はちゃんとした大人なので、相手の同伴者にも気を使ってくれる。

彼はパトリックに視線を向けて言った。

「今度は初めましての彼に対戦を申し込みたいのですが」

「ごめんなさい、パトリックはまだカードを持っていないんです」


エレノーラのデート計画に出てきた『趣味の店』、私たちはカードショップに来ていた。先程の対戦はショップが用意したデュエルスペースでの一コマだ。

あれだけ熱い逆転劇を見たら、ざっくりしたルールしか知らない彼でも遊マの魅力に気がつくだろう。

私もパトリックに顔を向けて言う。

「ね？　楽しそうでしょ？」

「最初から最後まで、俺は何を見せられていたんだ？」

「言ったでしょ。遊マっていうの」

正式名称、遊戯マスターギャザリングバース。略して遊マだ。

ざっくり説明するとターン制のトレーディングカードゲーム……の原形みたいな感じだ。

トレカの初期環境あるあるだと思うけど、ゲームバランスが崩壊している。ノーコストでカードが二枚ドローできたり、出すのが大変なカードと気軽に出せるカードのパワーが同じだったり……。

黎明期の競技性ほぼゼロな環境でも、ちゃんと戦略を練った方が強い。やっぱりカードゲームは楽しいな。


そんなカードショップは何故か独特な匂いが漂っている。たぶんカードのインクの匂いかな？

薄暗くこもった空気の立ち込めたショップ内は、遊マプレイヤーでひしめき合っていた。

ちなみにプレイヤーは大人ばかりだ。遊マのカードは子供には値段が高い。私も含め、良い歳してカードゲームにどハマりする人たちだ。カードに対する覚悟が違う。

さっき見た私の対戦とショップ内の光景を見て、パトリックは……絶句していた。

「……こんなとこ、通っていたのか、ユミエラは」

「うん、学園にいた頃からずっと。前に私のデッキ見せなかったっけ？」

「集めるだけのものだと思ってた」

「あのとき戦うやつって説明したじゃん」

「聞いたのは覚えているが……まさか、こんなに利用者がいるとは想像してなかったな」

そっか、対戦相手のいないカードゲームって楽しくないもんね。

これだけ楽しそうな対戦を見たというのにしかし、パトリックは微妙な表情を崩さない。

「あ、ルールを覚えられるか不安だった？　大丈夫だよ、やりながら覚えていけばいいから」

「そうじゃない」

「私のデッキ貸してあげるからすぐ出来るよ。使いやすいのだと……」

「なんで四十枚のカードの束をいくつも持ってるんだ？」

普通は何種類かデッキ組むでしょ。パトリックに当たり前のことを説明しながら、私は持ってきていた五つのデッキから、初心者にも使いやすいのはどれだろうかと考える。

とりあえずエグゾは除外するとして、さっき使ってたやつも扱いが難しいし……でもパトリックなら大丈夫かな？

色々考えていると何やらスペースが騒がしくなってきた。

「なんだろう？」

「たった今、彼が入ってきてからざわついているな」

パトリックが指し示す方向を見ると、坊主の男性がみんなに囲まれている。店員さんも歓迎ムード……というか過剰なくらいにペコペコ頭を下げていた。

私は初めて見る人だと思うけど誰だろうか？　周囲からは「ユニコだユニコだ」と彼の名前を呼ぶ声が上がっていた。

「え⁉　ユニコ⁉」

「有名人なのか？」

「うん、遊マを作った人だよ」

坊主頭の彼の名前はユニコ・シロフォード。遊戯マスターギャザリングバースの開発者だ。

私も名前と功績を知っているだけで、他のことはあまり知らない。

彼はカードショップ内をグルリと見回すと、こちらで目線を止める。そして私たちに近づいてきてから声を発した。

「拙者はユニコ・シロフォード。お嬢さん、一戦いかがでゴザルか？」

うわぁ。ユニコが異国風にも聞こえる謎の言い回しを使うって噂は本当だったんだ。

カードゲームの開発者と対戦できるなんて光栄だ。私が感激していると、パトリックのいる反対側からコソッと声をかけられる。先ほどの対戦相手だった彼だ。

「ユミエラ氏、ユニコ氏には気をつけてください。とんでもなく強いカードを使ってきます」

「……強いのはカードですか？」

本人のプレイスキルが強いなら分かるが、強いカードという言い回しは違和感がある。私が質問すると彼は色々と事情を説明してくれた。

ユニコはトゥルーワールドという開発者限定のチートカードを使うこと。今までも各店舗に挨拶回りをすることはあったが、最近になって頻度が上がっていること。そして来てやるのはチートカードでプレイヤーを完膚なきまでに叩きのめすこと。

「厄介な人ですね」

「そうなんです。開発者なので皆は尊敬して丁重に扱うのですが、僕は納得できなくて。一度対戦したことがありますがトゥルーワールドは強すぎます」

強すぎカードが氾濫している遊マ界において、彼がここまで強いと評するのはよっぽどだ。

じゃあ……本気で勝ちに行くか。私は普段は絶対に使わないデッキを用意して、対戦用のテーブルに向かう。

するとユニコも同卓の向かいにつき、ニヤリと性格の悪そうな笑みを浮かべる。

「相談事は終わりでゴザルか?」

「はい。あのユニコさんとはいえ、全力で戦わせていただきます」

「ターン順の選択は譲るでゴザルよ」

「先攻で」

ユニコは素人めとニヤリと笑う。遊マは先攻一ターン目だけモンスターで攻撃できないというルールがある。基本的には初手から攻撃できる後攻が有利と言われているのだ。

「まさかとは思うが、遊マは初めてでゴザルか? 雑魚モンスターしか出せなかったら、後攻の拙者のターンにトゥルーワールドを発動するでゴザル」

「トゥルーワールドは使わせませんよ。先攻一ターンで決めるので」

先攻は攻撃が出来ない。でも遊マで勝利する方法は、相手のHPを削り切るだけではない。

ワンターンキル宣言に怪訝な顔を見せたユニコも流石は開発者、特殊勝利の存在にすぐ気がつく。

「特殊勝利。一ターン目に可能なものだと……エグゾドライバーでゴザルか」

エグゾドライバーとは、一種類のカードの名称ではない。エグゾドライバーの頭・胸・腹・羽・足。各パーツに分かれた五種類のカードがあり、それら全てを手札に揃えた瞬間に特殊勝利ができる。

効果を知ると一見して強そうなカードに思えるが、エグゾを主軸に据えたデッキを使う人は少ない。なぜかというと、本来であれば一種類のカードを三枚入れられる遊マにおいて、エグゾは各パーツ一枚ずつしか入れられないからだ。

四十枚のデッキに五種類のパーツが一枚ずつ、最初に五枚引く手札で全てが揃う確率は、おおよそ六十五万分の一だ。

ゲームが進行して山札を引いていけば確率は上がっていくが、揃うまでは何の役にも立たないパーツが手札を圧迫し、普通に戦うことにすらも不利に働く。

「運任せの勝負とは期待ハズレでゴザルな。まさかイカサマをするつもりでゴザルか?」

「イカサマなんてしませんし、運だけの勝負もしませんよ」

ユニコから馬鹿にされたまま対戦はスタートする。まずは自分のデッキをシャッフル、それからお互いにデッキを交換して再度シャッフルだ。仕込みを疑っているユニコは念入りにカードを交ぜる。

満足いくまでシャッフルをしたユニコは、私にカードを返す前に言った。

「……最初の五枚は拙者が引くでゴザル。裏側のままなら同じ結果でゴザろう?」

「構いませんよ」

ユニコは私の山札を上から五枚引き、テーブルに裏向きにして並べた。

私が手札として用意されたカードを自分だけに見えるように手に取ると、ユニコは自信に溢(あふ)れた笑みで言う。

「どうでゴザルか？　先攻はドローも出来ないから、その五枚で戦わないと駄目でゴザルよ」

「……揃ってないですね」

「ハハハハッ！　これで拙者の勝ちは確定でゴザルな。特別に教えるでゴザルが、拙者は手札に最初からトゥルーワールドがあるでゴザル。後攻一ターンで勝負が決まる可能性もありますぞ」

五枚必須(ひっす)な切り札を私は引けず、一枚で良い切り札をユニコは引けた。

勝負ありとユニコも周囲のギャラリーも思っているだろう。まだ私が勝てると思っているのは、私自身と……パトリックだけだった。

「このカードはどうなんだ？　あれだけ言ったんだからユミエラが勝つんだよな？」

「うん、任せて」

「しかし……この手札で大丈夫なのか？　エグゾドライバーだったか？　一枚も無いぞ？」

大丈夫だよパトリック。確かにパーツは一枚も引けなかった。でも私の手札にあるのは全て共通の事柄に特化したカードだけだ。

余裕綽々(よゆうしゃくしゃく)のユニコを尻目(しりめ)に、私は一ターン目を開始する。

「呪文カード、謙虚で堅実な壺(つぼ)を発動。カードを二枚引きます。次に呪文カード、地獄行き特急、山札からエグゾドライバーの頭を墓地に送ります。呪文カード、教授の研究、手札を全て捨てて山札から七枚ドロー。もう一度引きました、謙虚で堅実な壺です」

「な、な、何をしようと……!?」

これだけドロー系のカードを持っていれば分かるでしょ？　私は一ターン目でカードを引きまく

り、エグゾドライバーのパーツを集めるつもりだ。

山札の底にあろうが、必ず一ターン目に引く覚悟のデッキだ。

それからも私は、各種ドローカードを駆使してデッキを掘りまくり、そして……。

「モンスターカード、ゴミ拾い大好きマンを召喚。召喚時効果で墓地にあるエグゾドライバーの頭を手札に――」

「な！　神の黒閃を使うでゴザル！　拙者はＨＰの半分を支払い、ゴミ拾い大好きマンの召喚時効果を無効に」

そろそろエグゾが揃うのではと恐れたユニコは、相手のターンでも使える妨害系のカードを使ってきた。でも大丈夫、最初に使われると厳しかったけど、もう対策カードは私の手札にある。

私が増えすぎた手札から目当てのカードを探していると、ユニコは怒りで顔をプルプルさせながら言う。

「どうしたでござるか？　拙者の神の黒閃の効果で――」

「神の黒閃」

「……え？」

「私も使います。神の黒閃で、神の黒閃の効果を無効にします」

「…………え？」

呪文カードを無効にするカードを、同じカードで無効にしたのだ。

ユニコは表情を凍りつかせたままだったので、一応確認しておく。

「もういいですか？　その四枚の手札に、もう一枚神の黒閃があれば使えますよ？　あ、私はもう一枚持っているので、四枚中の二枚が黒閃じゃないとゴミ拾い大好きマンの効果は無効化できません」

ユニコは何も言わなかった。打つ手なしと判断していいだろう。

私はエグゾドライバーの頭を墓地から回収し……。

「揃いました。エグゾドライバーのパーツ五枚で特殊勝利です」

勝負がついたというのに、ユニコは未だに固まったままだった。

戦いは礼に始まり礼に終わる。自分だけ使えるカードで無双し荒らし回るような人物が相手でも、最後の挨拶を私は欠かさなかった。

「対戦ありがとうございます。楽しかったですよ、ソリティアと同じくらい」

尊敬されるべきカード開発者が、完膚なきまでに負けた姿を見て、店内は静まり返っていた。

静寂を破ったのはドアの開いた音だ。誰だろうかと皆が向けた視線の先、入店してきたのは坊主頭の男性だった。

「エクスキューズミー。わたくし、遊マ開発者のユニコ・シロフォードでございます。今回は久しぶりにショップの挨拶回りに――」

「「二人いる！　どっちか偽物だ！」」

まさか私が戦った方のユニコが偽物で、彼の使うカードが偽造のオリジナルだったなんて……。

「こてんぱんにしたのが偽物で良かった。開発者の人に酷いことしちゃったかもと思ったから」

「そうだな」

「結局やる機会なかったけど、パトリックも遊マに興味出てきたでしょ？　帰ったら一緒にやらない？」

「うーん、俺はいいかな」

「偽ユニコと戦ったときのデッキは使わないから大丈夫だよ？　その前に対戦した人いたでしょ？　あの感じならパトリックも楽しいと思うの」

「……俺はあんなに喋(しゃべ)れないからやめておく」

「あ、そう」

あれだけ白熱した対戦を見たのに、パトリックはイマイチ乗り気になっていなかった。

おかしいな。でも私は諦(あきら)めない。いつかパトリックを遊マプレイヤーにしてみせる！

カードショップを後にした私たちは帰途に着いていた。

今日はすごい楽しかった。私史上、最高のデートが出来たという自覚がある。パトリックもきっと楽しかった……と思う！　それでももう帰るのは『物足りないくらいが丁度良いのでディナーには行かずに帰る』というエレノーラメモに従った結果だ。

……あれ？　帰るで終わりだと思っていたけれど、裏にも何か書いてある？


『お互いの好きなところを言い合う』


……見なかったことにしよ。

私はメモをくちゃくちゃにしてポケットにしまう。パトリックには間違いなく見られていないのでセーフだ。

屋敷に戻る道を歩いていると、ふとパトリックが言った。

「今日は何だか新鮮だったな。二人で出かけたことは何度もあっても、こういうのは無かった」

確かにその通りだ。お洒落（しゃれ）して出かけるのは初めてだったし、あんな雰囲気のオシャレ喫茶店はずっと避けていた。今まではダンジョンデートと称して、ただ魔物をシバきに行くだけのデートも結構あったな。

そして何より……。

「そうだね。パトリックの前で遊マするの初めてだったと思うし」

「……それに関してはいつも通りだなとしか思わなかった」

そっすか。

パトリックの遊マへの興味の無さは相変わらずだ。……と思ったが、パトリックは言葉を続ける。

「朝の待ち合わせも、喫茶店も素晴らしい時間だった。でも、俺が好きになったユミエラは、子供がやるような遊びを全力で楽しんで、周りが引くくらいのストイックさを持っていて、それでも開発者を倒したことを気にする心はあって――」

え？　え？　え？

パトさん、メモ読んでた？　いやそんなはずない。彼がアレを目撃する機会は透視でもしない限り無かったはずだ。

だからエレノーラの指令とか関係の無い、彼が自然にした発言なのだ。

私が顔の熱さを感じる中、パトリックはさらに続けて言う。

「――そんなユミエラが俺は好きなんだ」

普段の私であればわざと変なことを言って、話を誤魔化すところだ。でも今はエレノーラのメモによる後押しがあった。だから、照れくさくて恥ずかしいことをパトリックに伝えることができる。

「パトリック、私もね――」

家に帰ればエレノーラからデートの事情聴取があるだろう。

喫茶店の話もするし、カードショップの話もしようかな。

でも、帰り道で私が何を話したかは、私とパトリックだけの秘密だ。

あとがき

お久しぶりです、七夕さとりです。一年以上期間が空いてしまいましたが、変わらず本を手に取っていただき誠にありがとうございます。

『悪役令嬢レベル99』が何とアニメ化します！　書籍でお知らせするのはこれが初めてみたいです。

何事もなければ、この本の発売日はアニメ一話の放映の前後くらいのはずです。地上波放送や無料のネット配信などもありますので、ぜひ見て頂きたいです！

アニメ一話は前半に面白い仕掛けがあって、後半では子供ユミエラが魔物をなぎ倒し……最高の一話だと思います。

ありがたいことに一話はアフレコも見学させていただくことができました。

都内某所の収録スタジオ。行きの新幹線は「E6系こまち」でした。秋田新幹線こまちは一部区間で在来線に乗り入れるため新幹線では珍しく踏切を……あ、でも私は仙台上野間の東北本線つまりはE5系はやぶさと連結した後に乗ったのでミニ新幹線の醍醐味は感じることができず……。

話が逸れました。アフレコの話！　声優さんの演技すごすぎます。事前に台本のチェックはしているので、大体こんな感じかな？　と脳内で声がついたイメージはしていました。しかし全てが想像以上です。

台本は何度も読んでいて、アニメーションは未完成で、それでも聞いていて面白い！

ユミエラはクールっぽいのにレベル上げに関しての熱量がおかしくて、アリシアは正統派にかわいくて、攻略対象ズもクスリと笑わせてくれて楽しい雰囲気です。

そんなすごい演技を見て、私も負けてはいられません。幼稚園のお遊戯会で木の役を演じきり、祖父母に天才だと褒められた経歴がございます。プロの大人気声優の方々にも私の演技力を認めさせるべく、収録スタジオにて私はずっとお地蔵様の演技をしていました。

……という感じで、アフレコ見学行ったけどすごい緊張した話です。私以外は全員緊張していなかったからか、その方々の才能が完璧に発揮された素晴らしいアニメが出来上がりました。

アフレコの流れで声の話題になりましたが、それ以外も最高です。

ＰＶを初めて見てユミエラが動く姿を目の当たりにしたときは感動しましたし、アニメの尺に合わせて毎話の台本を書いてくださる脚本家さんもすごすぎます！

アニメは今までと比べ物にならない人数が関わっています。私が知らない、知りきれない範囲で大仕事をこなしてくださった方が百人以上いるのではないかと思います。

私ひとりが投稿し始めたこの小説が、こんなことになっちゃって……本当にありがたい限りです。

例によって言いたいことがとっ散らかりました。途中で本題と関係ないことも書いた気がします。言いたかったのは「『悪役令嬢レベル99』に関わってくださった全ての方々、ありがとうございます！」と「新幹線すごいよ」ってことです。

どちらも嘘偽り無い私の本心で、何があろうと不変の想いです。

そんな訳でアニメの『悪役令嬢レベル99』をよろしくお願いいたします！


次にコミカライズについて。

漫画版の『悪役令嬢レベル99』もまだまだ続きます。アニメにもその遺伝子を感じるぷにぷにユミエラがとにかくカワイイ。アニメに負けないメディアミックスをほぼ一人でこなしているのこみ先生には頭が上がりません。いつもありがとうございます。


最後にこの小説6巻について。

ずっとお世話になっておりますTea先生のイラストが今回もすごいです。特に表紙とカラー口絵は、不自然じゃない範囲でしっかり左右を描いてくださいました。個人的に今回の表紙が今までで一番好きです！　あ、でも1巻も好きだし3巻も……全部好きです。いつもありがとうございます！

本編を読む前の方は左右の意味をお楽しみに。読了後の方はイラストを見返して再度楽しめると思います。

いつもお世話になっております編集様、イラストレーターのＴｅａ先生、出版に関わる全ての方々、引き続きこの本を手に取ってくださった皆様、本当にありがとうございます。

カドカワBOOKS

悪役令嬢レベル99　その6
～私は裏ボスですが魔王ではありません～

2024年1月10日　初版発行

著者／七夕さとり

発行者／山下直久

発行／株式会社KADOKAWA

〒102-8177
東京都千代田区富士見2-13-3
電話／0570-002-301（ナビダイヤル）

編集／カドカワBOOKS編集部

印刷所／大日本印刷

製本所／大日本印刷

Printed in Japan
ISBN 978-4-04-075251-8 C0093

新文芸宣言

かつて「知」と「美」は特権階級の所有物でした。

15世紀、グーテンベルクが発明した活版印刷技術は、特権階級から「知」と「美」を解放し、ルネサンスや宗教改革を導きました。市民革命や産業革命も、大衆に「知」と「美」が広まらなければ起こりえませんでした。人間は、本を読むことにより、自由と平等を獲得していったのです。

21世紀、インターネット技術により、第二の「知」と「美」の解放が起こりました。一部の選ばれた才能を持つ者だけが文章や絵、映像を発表できる時代は終わり、誰もがネット上で自己表現を出来る時代がやってきました。

UGC（ユーザージェネレイテッドコンテンツ）の波は、今世界を席巻しています。UGCから生まれた小説は、一般大衆からの批評を取り込みながら内容を充実させて行きます。受け手と送り手の情報の交換によって、UGCは量的な評価を獲得し、爆発的にその数を増やしているのです。

こうしたUGCから生まれた小説群を、私たちは「新文芸」と名付けました。

新文芸は、インターネットによる新しい「知」と「美」の形です。

2015年10月10日
井上伸一郎